金魚男孩

THE GOLDFISH BOY

麗莎·湯森 LISA THOMPSON 著

陳柔含——譯

U0009698

目 錄

For Mum and Lynne

獻給媽媽與琳恩

CHAPTER 1

住在栗樹巷的人

　　查爾斯先生的頭頂有晒傷的痕跡，這是我在他巡視玫瑰叢的時候發現的。他會仔細檢查每一朵玫瑰、搖晃一下比較大的花朵看看花瓣是否掉落，然後繼續慢慢前進。他頭上那一大塊光禿禿的地方現在變成了一塊發亮的粉紅色圓頂，周圍有蓬鬆的白髮圍繞。天氣這麼熱，他應該戴帽子的，但是我想當你很專心的時候，應該很難注意頭頂上的高溫。

　　不過我就注意到了。

　　從這扇窗戶，我注意到很多事情。

　　我可不是在做壞事，我只是喜歡觀察鄰居來打發時間，我想鄰居應該不會介意。有時候，住在五號的傑克‧畢夏會對我吆喝「怪咖」、「怪胎」或「肖仔」，他很久沒有叫我馬修了，不過在我心裡他就是個白癡，所以我不是很在意他說了什麼。

我家位在一條安靜的死巷裡，鎮上的人都很慶幸自己不是住在又大又臭的倫敦市區，可是每天早上他們卻拚了命的擠進去。

　　這條巷子裡有七間房子，其中有六間長得一樣，都有向外凸出的方形窗戶、內嵌玻璃的大門，以及白色的外牆，但是夾在三號跟五號中間的那棟房子卻長得很不一樣，它是用血紅色的磚塊砌成，坐落在這些白色房子當中，看起來就像參加了一場沒人想要變裝的萬聖節派對。那間房子的黑色大門上方有兩扇三角形的窗戶，都被人從裡面用紙板遮了起來，不曉得是為了擋風還是要避免被人偷窺。

　　爸告訴我，二十年前建商在蓋我們的房子時，曾經想要拆掉那間牧師宅，但是它還是憑著自己百年的歷史想辦法存活了下來，就像一顆蛀壞的舊牙齒。牧師過世後，他的妻子老妮娜依然住在那裡，不過我很少看到她。她有一盞桌燈，就放在客廳的灰色窗簾後面，無論白天、晚上都亮著橘色的光。媽說她刻意保持低調，以免教堂的人在她丈夫死後請她搬走，畢竟這不是她的房子。她的門階上有三盆花，她固定在每天早上10:00出來澆花。

　　我是從家裡前側的空房間觀察老妮娜和其他鄰居的，我喜歡這個房間。檸檬黃的牆壁十分清爽乾淨，即使過了五年依然有剛粉刷過的感覺。爸媽都叫這間房間「辦公室」，因為這裡是放電腦的地方，但是事實上，它原本的功能是「育嬰房」。媽在角落的一堆盒子和購物袋上放了一串嬰兒吊飾，垂著六隻填充的條紋大象娃娃，那是有一次她逛街購物一整天之後帶回

來裝上的，不過爸覺得那個東西不吉利。

「別迷信了，布萊恩，我們要確認東西是好的啊。」

當她轉動上面的小鑰匙，我們就會看著大象隨著〈一閃一閃亮晶晶〉這首歌轉圈圈。我會在音樂停止後高興得拍手，那時候的我只有七歲，就是個傻乎乎的年紀。媽說她會找時間拆開她買回來的那些東西，但是她根本沒有這麼做。那些東西完全沒有人動過，尿布、奶瓶、嬰兒監視器、消毒鍋、小背心，這些都是給我弟弟用的，如果我沒有……嗯，如果他還活著的話。

這個房間有個面向街道的窗戶，我會從那裡觀察鄰居的早晨活動：

上午 9:30

查爾斯先生又把凋謝的玫瑰剪掉了。他用了一把新的紅柄剪刀，晒傷的頭頂看起來很痛。

查爾斯先生的年紀大約在六十五到九十五歲之間，因為他看起來好像不會變老。我想他應該是活到了一個他很喜歡的年紀，就決定停止老化。

上午 9:36

戈登和潘妮·蘇利文從一號的房子走了出來。戈登上了車，潘妮則向對面的查爾斯先生揮揮手。

查爾斯先生也向潘妮揮手，並像牛仔那樣旋轉手上的剪刀，還對著空氣剪了三下，銀色的刀片在陽光底下閃閃發亮。這個動作把潘妮給逗笑了，她瞇起眼睛，用手遮住眼前的強光，但是臉卻沉了下來——她看到我了。查爾斯先生也順著她的視線，發現我正從窗戶看著他們。我馬上閃到一旁、躲開他們的視線，心臟猛烈的怦怦跳。聽見戈登把車倒出私人車道的聲音後，我才再度回到窗前。

上午 9:42
　　潘妮和戈登出門，前往超市進行每週一次的採購。

上午 9:44
　　梅樂蒂‧柏德走出三號的大門，拖著家裡養的臘腸狗法蘭基。

　　今天是週末，代表輪到梅樂蒂去遛狗了。平日的遛狗工作都是由她媽媽克勞蒂亞負責，但是我不懂她們幹麼這麼麻煩，因為在我看來，法蘭基每一次都很不開心，一路上只想回家。梅樂蒂邊走邊拉扯黑色針織衫袖子上的毛線，每走三步就停下來等狗狗跟上。那件黑色針織衫就像長在她身上一樣，即使外面有三十度的高溫也依然穿著。他們停在路燈下，法蘭基在那嗅了一會兒，然後挖挖土，接著就想跑回家。但是梅樂蒂繼續拉著牠往前走，他們的身影逐漸消失在那條通往牧師宅後方墓園的小巷裡。

上午 9:50

七號的門打開了，是那對「新婚夫妻」。

詹金斯先生和他的太太漢娜住在我們隔壁，我們兩家之間並沒有相連。雖然他們已經結婚將近四年，這條巷子的居民還是稱他們為「新婚夫妻」。漢娜總是滿臉笑容，並不知道有人在偷看她。

「在這麼熱的天氣跑步不好吧，羅瑞。」她說，臉上依然帶著笑容。

詹金斯先生沒有理她，繼續舉著手側彎伸展。詹金斯先生是我們學校的體育老師，他覺得不運動的人根本沒有必要存在這個世界上。在他眼裡，我絕對是「小人物」的類型，我也盡量避免引起他的注意。

他身穿白色緊身衣和藍色短褲、手扠著腰，在他家的走道上一步一步的深蹲。

「別去太久喔，」漢娜說，「我們還要決定買哪種兒童安全座椅。」

詹金斯先生低聲回應。我低頭看向門前的台階，當我看到漢娜懷孕的大肚子時，緊張的瑟縮了起來。她把手放在肚子上，規律的輕拍著，然後轉身走進家門，我這才吐出剛剛憋住的氣。

詹金斯先生往商店街走去，並且跟查爾斯先生揮揮手，不過查爾斯先生正忙著弄花，所以沒有注意到他。查爾斯先生仔

細查看每一朵玫瑰，它們隨風搖曳的樣子好像露天市集裡賣的棉花糖。如果有花朵沒有達到他的標準，就會被喀嚓剪去、丟進塑膠桶。整理完玫瑰叢之後，他就會帶著那桶玫瑰屍體走回去。

上午 10：00

沒看到老妮娜出來澆花。

不過以這條巷子今天早上的熱鬧程度來看，她沒有出現也不奇怪。

五號的門打開了，有一個跟我年紀差不多的男孩出現。他走在他家的私人車道上，眼睛盯著一個方向──我的方向。這次我並沒有閃躲，而是穩穩的站在原地回瞪他。他走到我家前面，抬起頭並從喉嚨裡發出奇怪的聲音，然後往我家的走道吐了一大口痰。我暫時忽略噁心感，緩緩的對他拍了拍手。他看到我的手之後皺起眉頭，我趕快把手收回來，接著，他往我家牆上用力踢了一腳就轉身離開了。

上午 10：03

傑克・畢夏出現了，還是一樣混蛋。

傑克離開之後就沒有什麼好看的了。詹金斯先生跑步回來，白色的 T 恤都是汗；蘇利文夫婦從後車廂提了十一袋東西回來；梅樂蒂單手抱著法蘭基散步回來，那條狗看起來對這

樣的結果感到非常滿意。

　　巷子又回歸平靜。

　　直到牧師宅的大門緩緩開啟。

上午 10:40

老妮娜站在台階上，一隻手拿著銀色的灑水壺，看起來十分緊張。

　　這位年邁的女士穿著黑色裙子、奶油色上衣，還有桃色針織衫，她讓水慢慢的流進花盆，數到五就換下一盆。澆花的同時，她的眼神在巷子裡來回游移。正當她要澆最後一盆花的時候，有一輛車轉進了這條巷子，於是她立刻放下灑水壺、溜回家裡並甩上沉重的大門。

　　那台緩緩移動的車就是爸說「貴得像一間房子」的那種，顯然不是這些鄰居的車。它乾淨得發亮，我可以在它經過的時候從黑色的車門看見我家房子的倒影。車子在十一號前面停了下來，我趕緊拿起筆記本，等待車門打開。

上午 10:45

巷子裡有一台我從來沒有見過的超高檔黑色轎車，就停在隔壁！是查爾斯先生的訪客嗎？

　　這可有趣了。我對鄰居的作息可說是一清二楚，但是現在似乎有陌生人來到這條巷子作客。我想從車子裡的狀況獲得一

些線索，但是車窗的顏色太深了，看不出所以然。車停好後，引擎又繼續靜靜的運轉了一陣子才熄火，接著，駕駛座的車門打開了。

有個女人走下車來並環顧了這條巷子一圈。她戴著一副超級大的墨鏡，遮住了大部分的臉龐。她撥了撥臉上的頭髮、甩上車門。這時候，查爾斯先生出現了，他快步走出車道，手在衣服前面抹了抹。

「親愛的！」他說，同時伸出了晒黑的手臂。

「哈囉，爸爸。」

她保留了一點兩個人之間的距離，讓查爾斯先生親吻臉頰，接著回去打開車子後座。一個大約六、七歲的小女孩從車上爬了下來，手裡抱著一個陶瓷娃娃。我貼近窗戶，但是只聽得見幾個字。

「妳一定是凱西！那這位是誰呢？它要留下來嗎？」

查爾斯先生伸手想要摸摸娃娃的頭髮，但是小女孩轉來轉去的所以沒有摸到。那個娃娃看起來就像從古董店買來的，不像一般的玩具。戴著大墨鏡的女人從後座抱出一位金髮男孩，把他放在人行道上，查爾斯先生向他伸出手。

「很高興見到你，泰迪，我是外公。」看著眼前充滿皺紋的手，小男孩用臉頰磨蹭緊緊抱著的灰藍色毯子一角。查爾斯先生的手尷尬的懸在空中，沒多久就放棄了，跑去幫忙拿女兒的行李。他們背對著我交談了一陣子，但是我聽不見內容。

那個女人把兩個黑色旅行箱放在柵門邊，摸著兩個孩子的臉龐跟他們說話，然後親吻他們。她捏了捏查爾斯先生的手臂

後回到車上，引擎再度發出低沉的運轉聲。閃亮的黑色轎車緩緩駛離，三個人站著目送她，直到車子消失在視線之外。

「好了，我們進去吧。」

查爾斯先生揮舞著手臂示意要兩個孩子進屋子裡，接著就像趕綿羊一樣把他們趕進屋子、臉上露出了誇張的笑容。小男孩在走道旁的一朵玫瑰前停了下來，繼續用臉頰蹭著毯子。

「啊啊啊，不可以摸！」外公說著並再度揮手要他們進屋去。

一分鐘後，查爾斯先生又走了出來，把兩個旅行箱拉在身後。他往上瞥了我一眼，我立刻閃開，但是也注意到他臉上的笑容已經消失殆盡。

CHAPTER 2

床底下的祕密盒

我的床底下有個祕密盒。

我會想要這樣形容它：

那是我在院子裡挖到的一個神祕老木箱，我偷偷摸摸的把它帶上樓、放在床底下，用垂下的床單遮住，讓它靜靜的待在那裡、守護裡面的寶物。只要我認為你值得信任，你就可以跪在我旁邊看著我打開它。這時候可能會有乾掉的泥塊從鬆動的蓋子掉到地毯上，但是我可以暫時不去在意，因為箱子裡的寶物會讓你看得瞠目結舌。

真希望這是我的祕密盒，可惜它不是。

事實上，我的盒子裡裝的是醫療用品。它是由白色和灰色的硬紙板做成的，外型和大小就像一個小鞋盒，上面有個橢圓

形的洞。盒子側面印著製造商的名稱，靠近底部的角落有黑色的粗體字寫著：**數量：100**

但是裡面大概只剩下三十個。

我說「大概」，其實是很肯定的意思，裡面只剩三十個。

媽知道我的祕密盒，但是爸不知道。如果他知道，一定會生氣，他不見得會對我生氣，但是會很氣媽「鼓勵我」用這種東西。

「這樣不行，席拉。妳為什麼要給他那種東西？這樣只會讓他愈來愈糟。」

這就是爸會有的反應。

他不了解，如果我在某些時刻沒有這種東西，人生對我來說真的太難了。

我跟床底下的祕密盒就住在栗樹巷九號，這是一間非常普通的半獨立式房屋，有三間臥室、一間浴室、一個餐廚空間，還有一個方形的後花園（但是幾乎都是雜草），那裡有儲藏室和玻璃屋。玻璃屋裡原本有一張柳編沙發和同款的扶手椅，但是最近換成了一張新的撞球桌。幾個星期以前，我從房間看著送貨員努力把撞球桌擠進大門，從那天開始，爸每天都會問我要不要跟他較量一下。

但我一點也不想。

如果玻璃屋屋頂的遮光簾沒有拉上，從我房間的窗戶往下看，就可以看到爸獨自一人在打撞球。爸昨天就抓到我在看他，雖然我馬上躲到窗簾後面，但是不到五十秒，我的房門就砰砰作響。

「兒子，怎麼不下來呢？陪你爸玩一場吧！」

「改天吧，謝了！」

然後他就離開了。我知道他的目的，但老實說，撞球？這個點子是從哪裡來的？我已經決定，絕對、絕對不會再踏進那間玻璃屋一步。我們的貓奈吉不知道在那冰冷的白色磁磚上吐出了多少鳥和老鼠內臟，你能想像有多少東西會在那裡爬來爬去嗎？夏天的熱氣還會讓病菌在整個玻璃屋裡到處翻滾。而且彷彿是為了徹底擊潰我想跟爸一起玩的任何小小衝動，撞球桌已經成為奈吉最喜歡的午睡地點。牠每天都在那塊綠色的布面上伸展著，似乎要把自己獻給撞球桌上的眾神。唯一能把那張桌子弄乾淨的方法就是噴滿消毒水，但是我可沒有笨到真的這麼做，因為那張桌子花了爸不少錢。

這間房子最棒的地方就是我的房間，這裡很安全、沒有病菌。出了房間到處都是危險，大家都不了解，有灰塵就代表有細菌，有細菌就會生病，生病了就會死掉。仔細想想，這個道理其實很簡單。我不容許有任何一點差錯，而在我的房間，我就能掌控一切。對我來說，最重要的就是緊盯房子裡的一切。

我大部分的時間都待在房間裡，這代表我對這個環境瞭若指掌，舉例來說：

- 床頭櫃前側右腳鬆動了，還有一點傾斜。
- 窗台底部的油漆剝落了，經常打掃肯定會更嚴重。
- 當你從某個角度看床鋪上方的某一處，那裡的壁紙看起來就像一隻獅子。

不是「森林之王」那種兇猛的獅子，而是看起來有點好笑、沒有牙齒的獅子。牠有亂亂的鬃毛、鼻子又長又扁、眼皮也垂垂的。我想，身上壓著一張十年的舊壁紙和無數的乳膠塗層，大概就會變成這個樣子。有時候我會跟牠說話，雖然我知道大家對「跟東西說話」這種行為有點意見，但是我很確定在教科書上看過一段話，說我有這樣的行為是「完全正常」的：

「第十天左右，足不出戶的人難免會覺得無聊，因此開始跟身邊的東西說話。這是正常的，不需要太擔心。」

我的情況則是第八天。那天我又待在家裡不想去上學，而且下午的時候心情很糟，壁紙獅在房間角落盯著我，我馬上就知道是牠，然後就時不時的注意了牠一陣子、克制自己想要跟牠說話的衝動。最後，我終於到達臨界點、再也忍不住了。

「我知道你在想什麼！你在想：『噢，可憐的馬修，整天關在家裡，太悲慘了吧？他為什麼不去學校呢？為什麼不到外頭去做些有意義的事呢？』我告訴你，這是不可能的！你就別白費力氣擔心我了！」

說完這些話，我其實覺得平靜多了，有一種好像吵贏牠的感覺。現在牠對我來說就是一個我偶爾會說話的對象，就像媽會跟貓講話那樣。這並不奇怪，如果牠會回應我那才奇怪，但是這從來沒有發生過。

當然，沒有人知道我會跟牠說話，這是我的另一個小祕

密。其實，怕髒的事情也是個祕密，直到最近才被發現，我的朋友湯姆就是第一個注意到的人。我在上自然課的時候去了廁所，當我回到座位，他用拳頭撐著頭、盯著我看。

「小馬，你怎麼了？」

我看著他。

「什麼意思？」

湯姆靠過來說悄悄話。

「廁所啊，你每堂課都會去，下課也去，你沒事吧？」

我去洗手，那就是我一直跑去廁所的原因。我總是覺得不夠乾淨，所以得一直洗手，想要把病菌洗掉。我開口想要告訴他，但卻不知道該怎麼說，只好聳聳肩繼續做我的事。我差不多就是在那之後沒去上學的。

既然不用去學校，我的狀況也比較好了，還可以愛怎麼打掃就怎麼打掃。浴室是最讓我困擾的地方，因為我每次進去都覺得那裡細菌叢生。幾個星期前我崩潰了一次，那時候媽正在上班，等我心情平復的時候已經傍晚了，媽已經回到家了。她站在門邊，不可置信的張大嘴巴，看著我用沾滿漂白水的脫脂棉球擦拭水龍頭內側。

「馬修，你到底在做什麼？」

她看了看四周白得發亮的磁磚，如果你看見她誇張的表情，大概會以為我在到處亂畫。

「這不對勁……別再弄了，夠了。」

她往前跨了一步，我馬上退開靠在水槽邊緣。

「馬修，告訴我這是怎麼回事。你怎麼了？你的手一塌糊

塗⋯⋯」

她把手伸向我，但我搖搖頭。

「妳不要動，媽，別再靠過來了。」

「我只是想看看你的手，小馬。你的皮膚看起來在流汁⋯⋯」

我把兩隻手夾在腋下。

「是不是灼傷了，馬修？你的手是不是灼傷了？你不能把漂白水直接倒在皮膚上啊，親愛的。」

「我沒事，不要管我。」

我快速從她旁邊走過、回到房間，並且用腳把房門關上。我躺在床上，剛剛把手夾在腋下的時候我感到一陣又一陣的抽痛。媽站在房門外，她知道這時候最好不要進來。

「親愛的，我能幫上什麼忙嗎？拜託你告訴我好嗎，馬修？我跟你爸沒辦法繼續這樣，今天學校又打來了，我沒辦法一直跟他們說⋯⋯說你生病了。」

她發出微微的哽咽聲，聽起來就像突然忘了呼吸。我閉上眼睛，對她大喊。

「手套。」

一陣沉默。

「你說什麼？」

「乳膠手套，拋棄式的那種。我需要的就是這個，好嗎？現在可以讓我一個人靜一靜嗎？拜託！」

「好吧，我⋯⋯我來想辦法。」

事情就是這樣。

這就是我床底下的祕密盒。它不是什麼覆滿灰塵又裝著寶藏的舊木箱，而是一盒一百隻拋棄式乳膠手套，現在只剩下十五雙了。我跟媽達成祕密協議：我不再用漂白水消毒皮膚，而她會提供我手套。

　　我們覺得沒必要告訴爸，他不會理解的。

CHAPTER 3

查爾斯先生家的池塘

我戴上手套（剩餘數量：14雙），在書櫃上方噴灑從浴室水槽底下偷拿的消毒水。

「看看查爾斯先生的院子，他一定會很生氣。」我一邊打掃一邊跟壁紙獅說。

才一天，那兩個小孩就把院子弄得一團亂。原本整潔的草坪現在就像下過一場詭異的玩具雨，厚厚的草皮上到處都是水桶、鏟子、不同顏色和大小的球、塑膠玩具車、三條跳繩，還有一塊藍色格紋野餐墊。我拿起筆記本。

下午 1:15

　　查爾斯先生的外孫泰迪在後院玩耍，沒有看到他的

　　姊姊凱西。

泰迪正用一根樹枝戳花叢裡的東西。當我看清楚那個東西的時候，冷不防的縮了一下。我看見一隻死掉的幼鳥，沒有毛的那種，牠的眼球凸出，大概才剛出生。泰迪從草地上拿了一支橘色的塑膠鏟，跪在那邊把小鳥鏟了起來。我放下手邊的清潔工具繼續觀看。

泰迪費了一番功夫才能好好的拿著小鳥站起來，接著搖搖晃晃的往池塘走去。他離池塘還有一點距離，接著把小鳥拋向空中，小鳥在空中翻滾了幾圈，隨後水花濺起、鳥沉入水中。池水閃過了幾個橘色的身影，查爾斯先生的魚往池底衝去。泰迪站在池邊觀察了一陣子，也許是想看那隻死掉的小鳥會不會浮上來，然後走回花叢繼續用鏟子挖東西。我拿起一本書準備擦拭，同時持續關注院子裡的動靜。

凱西出現了，拿著一個塑膠袋和剛到這裡時手上抱著的陶瓷娃娃。泰迪蹦蹦跳跳的去找她。

「凱西！凱西！鳥死翹翹！」

泰迪在她旁邊手舞足蹈，但是凱西無視他，然後把格紋野餐墊拉到一棵樹的樹蔭下。

「鳥！凱西！死翹翹！」他大聲說著這幾個字，以為凱西能理解。我猜他可能有點後悔把小鳥丟進池塘裡，不然就可以先拿給凱西看了。

「走開。」凱西說，一邊把臉色灰白的娃娃放在野餐墊中間、擺好它的雙腿以免翻倒。她把塑膠袋顛倒過來，繽紛的緞帶、梳子和髮夾落在了野餐墊上。

「凱西，牠死翹翹，死掉了！凱西！」

泰迪跑向池塘，一邊指著水面一邊扭動著身體。凱西看了他一眼便開始分類髮飾，把各式各樣的梳子排成一列，並把緞帶捲好。泰迪又繞了回來坐在姊姊旁邊，然後拿起一把紫色的梳子想要梳一梳自己金色的頭髮，但是他沒有拿好，梳子從他面前掉了下來。

凱西對他說了些話，並把梳子拿回來。小男孩起身走向花叢並蹲在那裡查看，說不定是想要再找一隻死掉的小鳥給凱西看。凱西甩一甩腿上的粉紅色裙子，接著幫娃娃梳頭髮一邊跟它說話。

我的心臟撲通撲通的跳，看見那隻死掉的小鳥還有想到那些爬滿牠身上的病菌，讓我感覺更糟了。就算只是在隔壁觀看，我還是滿腦子的憂慮，擔心病菌會擴散到我的房間，偷偷潛入每一個縫隙。別人都不知道，只要一粒灰塵就可以引發大規模的感染，這就是骨牌效應。如果我漏掉一個小地方，就要花上一整天清潔。所以我轉身背對窗戶，開始專注的把每一本書從架子上拿下來，擦拭封面、封底還有書背。

當我擦到第三本書的時候，外面傳來了一聲尖叫。泰迪躺在地上，被凱西抓著腳踝拖離野餐墊。她用力的把泰迪的腳甩在草地上，然後回到娃娃身邊。泰迪在那裡躺了一陣子，盯著耀眼的藍天，接著奮力的爬起、撲向陶瓷娃娃。他抓著娃娃的一大撮頭髮、拖著娃娃奔向池塘。凱西驚訝得說不出話來，大腦延遲了幾秒後再度運轉，並竭盡全力的嘶吼。

「把它還給我！快點！」

泰迪轉過身，手裡還拖著娃娃，它的腿呈現奇怪的角度。

接著，兩個人都停了下來。

「不要，泰迪！那是媽媽給我的！」

她用顫抖的聲音懇求泰迪。

泰迪可能想要報復她不讓自己一起玩，也可能是因為好奇，想知道娃娃沉入水裡的速度是不是跟小鳥一樣；但是不管是哪一個，都讓他躍躍欲試。泰迪用圓圓胖胖的手臂把娃娃用力甩到空中，娃娃騰空飛起，然後直直落進深綠色的池水裡。

啪嗒！

凱西傻住了，娃娃躺在水面上，瞬間變成了悲劇女英雄。它身上奶油色的洋裝像氣球般鼓起，讓人一時之間以為它會浮在水面上，但是衣服開始吸水，娃娃漸漸沉沒。

「我有一股不祥的預感。」我跟壁紙獅說。

凱西的身體愈來愈僵硬，兩隻手扠著腰。如果她是卡通人物，這時就會有白色的蒸氣從她耳朵裡噴出。泰迪出神的盯著池塘，說不定在想娃娃會不會剛好壓在小鳥的身上。凱西伸長了手，擺出了像是要變魔術的姿勢朝弟弟奔去。她用力搡了他，力道很猛，讓泰迪一頭栽進池塘。

這看起來好不真實，我的窗戶彷彿是電視螢幕，隨時都有可能進廣告。凱西站在那裡，看著弟弟在池塘裡拚命拍打。

「查爾斯先生呢？他怎麼沒有出現？」我跟壁紙獅說，用戴著手套的手搥著窗戶。

「幫幫他！」

凱西跳了起來，慢慢轉頭想要弄清楚這個聲音的來源。

砰！砰！砰！

「去找外公！快去找外公！馬上！」

砰！砰！砰！

我用力拍打玻璃，但是凱西只是憤怒的瞪著我，她的雙手垂在兩側，置身在弟弟濺起的水花當中。我衝出房間，差點被正在晒太陽、伸展著身軀的奈吉絆倒。我站在樓梯口望著家門，我可以跑下去穿運動鞋、衝到池塘把泰迪拉上來，但是我動不了。光是想到要出門我就渾身不舒服，更別說要把手伸進骯髒的池水了。所以我轉而跑進辦公室，大象吊飾被我輕輕擦過而轉動了起來。

十一號的走道上有一條長長的水管，但是卻不見查爾斯先生的蹤影。

「他去哪裡了？他在哪裡！？」

我掃視著巷子尋找他的身影，看到他在一號門前跟潘妮和戈登聊天。查爾斯先生的臉紅紅的，他們三個正在大笑。我用力敲打著窗戶。

「查爾斯先生！泰迪出事了！快點！」

他停止了大笑，環顧四周想找出是誰在叫他，然後潘妮發現了我，並用手指著。

「查爾斯先生！快！他掉進池塘裡了！」

砰！砰！砰！

查爾斯先生呆了一下，似乎無法理解我在說什麼，回過神後便往家裡跑，奔跑中的細長四肢就像慢動作影片。我也跑回自己的房間，凱西依舊看著泰迪掙扎拍水。查爾斯先生跑來，凱西馬上抓住弟弟的手臂，用力把他的上半身拉出水面。

「怎麼回事？泰迪！」

「外公！他掉進去了，我抓不到他！我有大喊可是你沒有出現！」

她開始啜泣，而她的弟弟正在草地上咳嗽，查爾斯先生搓搓他的背。

潘妮和戈登來到凱西身後。

「噢，我的天哪，發生什麼事了？他還好嗎？」潘妮說。

查爾斯先生用手指推推凱西，但是我聽不清楚他說的話。

「……離開一下下……要在池塘邊玩？裡面有養魚呢！」

凱西愈哭愈大聲，但是查爾斯先生快速抱起泰迪、走向屋子，沒有理會她。

「你有毛毯嗎？」潘妮說，她大幅度的擺動雙手、跟在查爾斯先生後面。「我們要幫他保暖，他可能嚇到了！戈登！回家拿幾條毛毯來，至少三條！」

戈登連話都沒說就繞過房子跑回家去。

查爾斯先生走回院子時朝我看了一眼，我原本以為他會點頭表示感謝，但是他的臉上沒有任何表情。泰迪伸出手，擺出像超人的姿勢。

「鳥，外公！死翹翹的鳥！」

以差點溺死的人來說，他的狀況還挺好的。

他們進屋以後，凱西立刻停止哭泣，然後一把抓起泰迪用來戳小鳥的那根樹枝。她把樹枝伸進池塘裡東撈西撈，直到有東西浮出水面。她跪在池邊，把那個東西拉上岸並抱在胸前。她把娃娃身體裡的水倒乾，它金色的頭髮變成了髒兮兮的咖啡

色，鞋子也少了一隻。凱西親了親娃娃的臉頰，順了順它的洋裝和頭髮，想要讓它看起來整潔一點。她往家門走了幾步之後突然抬起頭來看我，我的心臟又開始猛跳。我不想躲開，以免讓自己看起來很蠢，所以也回望著她。她張開嘴脣形成了一個O形，然後慢慢的開闔了三次，很像一隻魚。我感到不寒而慄，轉身繼續我的清潔工作。

★　★　★

那天晚上，我在一片寂靜中醒著，根本睡不著。

叩，叩，叩。

有人在隔壁輕輕敲打房間的牆壁。

叩，叩，叩。

我猜是凱西想要整我。但是我沒有動，只是靜靜聽著這片寂靜。

聲音又開始了，這次更大聲。

叩，叩，叩。

我翻身背對牆壁。

他們來了以後事情都不一樣了，而我並不喜歡這樣。

CHAPTER 4

該拿馬修怎麼辦？

　　媽每天都會用托盤把餐點送到我的房間。午餐有：一個加熱過的起司火腿三明治、一盒密封的柳橙汁、一根香蕉，還有三瓶全新的礦泉水可以喝一整天，夠安全，夠乾淨。

　　媽總是想藉著送食物時跟我聊天，但是我不想多說什麼，也盡量避免跟她眼神接觸。

　　「查爾斯先生的外孫看起來很可愛，隔壁有小孩一起過暑假還真不錯，對吧，馬修？」

　　「嗯，我想是吧。」

　　我不打算說任何有關池塘鬧劇或敲牆壁的事。

　　「他女兒最近要去紐約一個月，看得出來，她是銀行界的菁英。真奇怪，我從沒看過她來找查爾斯先生。你看過嗎？」

　　我搖搖頭。媽知道我經常觀察鄰居，如果有誰見過查爾斯先生的女兒，那肯定是我。

　　「真希奇，她的孩子可能根本沒見過查爾斯先生呢，也許

是保母沒辦法配合或是什麼的。」

「嗯，大概吧。」

我把視線放在午餐上，不想聊得太起勁，以免開啟她最喜歡的話題：「我們該拿馬修怎麼辦？」

「今天下午我會在沙龍待幾個小時，可以嗎，馬修？你自己一個人可以嗎？」

媽五年前開了一間「從頭到腳」的美體沙龍，原本的計畫是要讓新的店長來經營，她只要偶爾去幫忙、更新一下大家的八卦就可以了，但是她最近似乎每天都得去店裡。我知道，她是為了避開家裡的麻煩人物，也就是我。她把托盤上的食物遞給我，我用指尖一個一個把它們放到床頭櫃上。

「馬修，這樣可以嗎？」

「當然。」我抬起頭來，不小心跟她對到眼，下一秒她果然開始了……

「很好。喔對了，我跟醫生約了早上的時間，看能不能了解一下你的狀況，好嗎？」

她像夾著皮包一樣用手臂夾著托盤。

「什麼？」

「學校一直打電話來，教育局也寫信來了，我們得在九月之前弄清楚你是怎麼了，不然我跟你爸就麻煩大了。你應該知道，如果孩子不去上學，他們會把父母關起來吧？」

爸媽都跟學校撒謊，他們說我得了會傳染的腺熱病。世界上有這麼多種疾病，他們卻偏偏要說我得了這種「親吻病」，但是我根本沒有要親任何人！大概是因為得了這種病可以跟學

校請好幾週的長假，所以就用了這個藉口。我猜媽甚至強迫自己相信我真的得了這種病，因為剛開始那幾天，她不斷問我喉嚨覺得怎麼樣，還給我止痛藥。絕望啊，這就是我心底的感受，他們希望我得的是能醫好的病，是短期內就能解決的病。

「我不想去。」

「別傻了，你當然要去，我們只是去看柯爾醫生，當你還是個嬰兒的時候，他就幫你看診了。」

她說話的時候，視線一直越過我的肩膀飄向後方，所以我又把房門稍微掩上了一點。

「要不要開窗讓空氣流通一下啊？」

她跨進房門，赤裸的腳碰觸到我房間的地毯。

「媽，妳在做什麼？」

她不再往前，但是也沒有後退。我低頭看著她塗了粉紅色指甲油的腳趾在卡其色的地毯上蠕動。

「可以請妳不要把腳伸進來嗎？」

她把腿扭成一個奇怪的角度，但是沒有收回去。

「媽，拜託！」

「為什麼呢，馬修？只是一隻腳啊，你又不會少一塊肉。」

她緊張的傻笑，裸露的腳趾陷入地毯的毛裡。

我開始發抖。

「這樣吧，我們來交換條件。如果你答應明天早上去看柯爾醫生，我就把腳收回來，如何？」

她今天早上去過玻璃屋。當時她赤腳在磁磚上走來走去，

那裡可是奈吉吐毛球和老鼠內臟的地方，她一定全身都是細菌，有數以百萬計的細菌跑進我的房間了。我抓著門框，想著是不是要不管她的腳用力關上門，但是這麼做，血可能會沾到我的地毯上，然後我就會頭暈，所以我繼續低著頭。

「好吧好吧，我會去。現在可以請妳把腳移開了嗎？」

她的腳文風不動。

「你保證？」

「我保證。」

我當然不打算遵守承諾。

「你真的真的保證？以卡倫小天使為證？」

那是我的弟弟。他沒能從醫院回來，也沒能對著大象吊飾咯咯笑，他的墓前有一個白色的大理石小天使。這種承諾我沒辦法反悔，尤其是想起我所做的事情。

我閉上眼睛，評估眼前的選項。媽在推門，想要擠進來。

「我保證！以卡倫小天使為證。」我說。

幾秒鐘後，她把腳收回房間外，笑容滿面。

「太好了！我幾個小時後就回來。你要不要到院子坐坐，晒一晒你的臉頰呀？我幫你擺張椅子好嗎？」

「隨便妳。」

我關上門，拿出床底下的盒子（剩餘數量：10 雙）、抗菌噴霧和抹布，盡最大的努力清潔地毯。我的肚子正不安的蠕動，每次只要爸媽提到卡倫，我就會這樣。那股潛伏在我體內的罪惡感就像一隻兇惡的黑色甲蟲，不停的在我肚子裡鑽孔。

有幾天我甚至覺得自己可以把手伸進肚子、抓出那隻甲

蟲。我會把牠摔在地上，牠的腳會在空中瘋狂揮舞，然後我的恐懼就會奇蹟似的消失，再也不會有罪惡感。可是牠一直都在，一邊打盹一邊等我放鬆，然後作亂一番，挖啊挖啊挖。

　　我用力擦洗地毯、又噴又抹，然後把手套拿到浴室丟掉，接著不停的洗手直到滿意為止。我總共洗了十一次。回到房間之後，我仔細的檢查午餐。包裝看起來沒有任何開口或縫隙，所以我趕緊吃光以免它們被汙染。我把垃圾放在門外，再到辦公室看看外面有沒有發生什麼事，並做了一點紀錄。

7 月 22 日，星期二，下午 4:11，天氣晴朗炎熱
　　◆ 路上的車子：4
　　◆ 路上的行人：1
　　下午 4:12，梅樂蒂‧柏德從三號房屋走出來，她換掉了學校制服、快步穿過馬路，走到牧師宅旁邊通往墓園的小巷。她去那裡幹麼？

　　梅樂蒂的手環抱在胸前，頭壓得低低的，用像是在極地寒風中前進的姿態消失在植物蔓生的巷道裡。

　　查爾斯先生出現在家門前的走道上，他穿著紅格紋襯衫和卡其褲，看起來像是要去參加牛仔競技比賽。他把掃帚戳向水泥地面，腳踝周圍揚起陣陣灰塵。凱西和泰迪都不在這裡。他停下動作，抹去額頭上的汗水，接著打開花園的柵門，開始清掃他家外面的人行道。我的心跳開始加速，手好像也髒了。我走進浴室，就在我洗手洗到第七次的時候，我家的門鈴響了，

這讓我措手不及，因為手還洗得不夠乾淨。我繼續在皮膚裂開的手上抹肥皂，不去應門。門鈴又響了起來，有人在敲打玻璃。我快速用熱水沖洗，然後跑下樓隔著袖子把門打開。

「啊，馬修！你在家啊，媽媽在嗎？」

我對他搖搖頭。查爾斯先生站在門前的台階上，手臂在掃帚上交疊成奇怪的樣子，似乎下一秒就要開口唱歌。我聽見討厭的奈吉在我身後喵喵叫。

「那你爸爸呢？」

「他去上班了。」我說，並把門稍微掩上。我回頭確認奈吉的位置，牠舒服的待在廚房，用身體摩擦存放貓飼料的櫥櫃，還不停變換姿勢，想要吸引他人的注意。

「好吧好吧，沒關係。」他說，但是太快就露出笑容。「不過我其實是想找你，你有興趣賺點零用錢嗎？」

他摸了摸頭頂被晒傷的地方，不知道是不是我太久沒有近距離見到他，他的頭看起來好大，很像一顆被晒成棕色的胡桃。我從一樓的牆壁聽見他家傳來規律的砰砰聲。

「他們好像在你的客廳踢足球，查爾斯先生。」我對他說。

他聽到的時候眉毛抽動了一下。

「喔，那只是……只是在玩而已……」他捏了一下鼻梁、閉上眼睛，再度回到原本的話題上。

「所以你有興趣當保母嗎？大約是下午，時間不固定，在你放學以後，這樣我就可以去做點事情，像是購物之類的。你覺得怎麼樣？」

我的手抱在胸前。

「我不確定⋯⋯」

「薪水很不錯喔！他們都很乖，非——常的乖！」他說，眼睛眨得很快。

砰，砰，砰。

「其實我很忙⋯⋯」

他點點頭，彷彿非常理解我忙碌的生活——忙著什麼都不做。我真的得再去洗手了，細菌絕對正準備擴散，奈吉的叫聲也愈來愈近。牠走到玄關來了，就坐在我後面。

砰，砰，砰。

凱西開始尖叫。查爾斯先生提高了音量，試圖壓過他們的聲音。

「整個下午可能太久了⋯⋯大概幾個小時就好，一個小時如何？我付你兩倍的薪水！」

我搖搖頭。

「直接告訴我你想要多少錢吧，馬修。」

要不是他拿著掃帚，不然大概會使勁的抓著我的肩膀搖晃，直到我答應為止。

砰，砰，砰。

「查爾斯先生，我才十二歲，應該還不夠大吧。」

奈吉已經在樓梯邊用臉磨蹭台階，牠滴了一滴口水，在奶油色的地毯上留下一個極小的黑點。牠發現我在看牠，便直接朝我走過來，從牠的皮毛掉落到地毯上的細菌正往各個方向擴散。我馬上往後退了一步，敞開大門，奈吉便以輕快的腳步朝

著外頭的陽光跑出去，牠經過查爾斯先生的腳邊，再跑到車道上。我再度把門稍微掩上，手裡的汗已經把袖子浸溼。

「這個年紀已經可以了，」他笑著說，「我照顧我弟弟的時候才七歲呢！」

「我不這麼認為，查爾斯先生。」我在他的笑聲中說著。

砰，砰，哐啷！

「外公！！！」

查爾斯先生的笑聲立刻停了下來，他垂著肩膀，不發一語的慢慢轉身回家，咖啡色的掃帚拖在身後。我大力關門後跑上樓繼續洗手，當我回到辦公室的時候，隔壁的吵鬧聲已經停止，只剩電視的聲音。外頭的巷子倒是很寧靜，馬路燙得快要冒煙。奈吉來到了查爾斯先生的前院，躡手躡腳的走在草皮上，鼻子一邊嗅一邊輕輕碰觸小草，完全沒有注意到查爾斯先生提著一盆水從後面接近。查爾斯先生大吼一聲把水潑出去，狠狠正中奈吉。我跟奈吉都嚇傻了，雖然我並不喜歡這隻嘔吐的跳蚤溫床，但也不會對牠做這種事。奈吉橘白相間的蓬鬆毛髮變成了晦暗的咖啡色，緊緊黏在身上，牠簡直是嚇壞了。查爾斯先生把水盆丟在草地上，朝奈吉大力踢過去，身體幾乎轉了一圈，但是幸好奈吉回過神來躲開這一腳。牠鑽出柵門然後右轉，急忙跑回我家。牠坐在門前的台階上虛弱的叫著，開始舔自己的毛。

查爾斯先生撿起水盆，往他家走了兩步後停了下來，似乎忘了什麼東西。他退後一步，用手臂夾著水盆並抬頭看向我，目光帶著憤怒。

CHAPTER 5

柯爾醫生

　　小時候，我以為只有在沙漠迷路的時候才會看到海市蜃樓。當你因為缺水而陷入絕望，你會拖著腳步在灼熱的沙子上龜速前進、尋找水源，神經也會開始錯亂。突然間，你看到前方的地平線上有東西正閃閃發亮，是一輛繽紛的冰淇淋車！它在向你招手，黑漆漆的冷凍櫃裡有保證美味的冰棒在等著你，你幾乎就要聽到叮叮噹噹的音樂。在乾渴之下，極為珍貴的口水開始在嘴裡流動，但是當你距離冰淇淋車只剩幾公尺遠，它竟然消失了！而原以為冰淇淋車所在的那個地方，只有一棵乾枯的仙人掌。

　　去看醫生的路上，我看到好多海市蜃樓。不過不是鬼魅般的冰淇淋車，而是柏油路上黑色的水窪。它們看起來就像真的，我真的以為車子經過的時候會濺起水花。爸曾經告訴我這叫做「公路蜃景」，聽起來挺合理的。爸知道很多事情，「布

萊恩隊」每個月都會拿下酒吧猜謎遊戲的前三名。你可以問他任何事情，他會馬上給你一個答案。

「爸，黑死病爆發時的英國國王是誰？」

「愛德華三世。」

「拉脫維亞的首都是？」

「里加。」

「銅的元素符號是？」

「Cu。」

「你唯一的兒子怎麼了？」

「他瘋了。」

雖然他沒有這樣直白的回答，但是我很肯定他就是這麼想的，爸媽都是。

媽打開冷氣，風往下吹，所以我的腳冷得像冰棒。雖然可以用旋鈕切換風向，但是我並不想碰它。

「查爾斯先生的外孫好像滿適應這裡的，對吧？這應該對他不錯，有人陪伴，也多點變化。」我們的車塞在商店街時媽這麼說。

她又想開啟話題了。

「真不知道他該怎麼度過一整個月，他年紀這麼大了。」

我保持沉默，她剛剛讓我在所有鄰居面前丟臉，我當然不打算跟她說話。

當時她坐在發動的車子裡，而我無力的癱坐在門前的踏墊上。詹金斯先生跑步回來，低著頭走回家，於是看到了我。他在那站了一會兒，臉上滴下汗水，他手扠著腰、上下打量我。

為了盡可能降低感染風險，我穿了一件長袖襯衫，並把扣子扣滿，還有牛仔褲、襪子、雨鞋，並戴了兩層乳膠手套（剩餘數量：8雙）。今天大概有三十度吧，我覺得很熱。

「馬修，你在做什麼？」他說，然後露出受不了我的表情、搖著頭走進家門。

我想媽應該沒有聽見他說的話，她搖下車窗對我大喊。

「提醒你一下，馬修，卡倫小天使！」

她的聲音撞到房屋後又反彈出去，就像彈珠一樣。老妮娜的窗簾被拉扯了一下，她從紗簾中冒出頭查看聲音的來源；潘妮和戈登出現在一號的院子，準備往這邊走過來——只要一有什麼狀況，他們總是會出來探聽。

「還好嗎，席拉？」潘妮開口了。他們走到我家的車道上，兩個人各帶了一本《哈靈頓居家妙方》型錄，肯定是隨手拿來喬裝用的。潘妮和戈登不管在哪裡都會一起行動，彷彿腰上繫了一條隱形的繩子，如果其中一個人走太遠，就會馬上彈回去。我真的沒有看過他們分開行動。

媽在車裡向他們招手。

「一切都好，潘妮。哈囉戈登，謝謝你們。就是個十幾歲的孩子在挑戰我的底線……妳懂的……」

她勉強擠出笑容，這對退休夫妻也跟著對她笑了一笑，但是當他們看清楚我的衣著之後，就笑不出來了。

「那就不打擾妳了，席拉。」潘妮說，並對我挑了一下眉毛。她跟她的先生低語一番，就在她轉身回家時，那條隱形的繩子扯了一下，戈登也跟著離開了。

「快點啊馬修，我們要遲到了！」

「媽，妳不了解這對我來說有多可怕……拜託。」

我背後傳來一聲貓叫，是奈吉。

「馬修，你對著卡倫小天使發誓的，沒有什麼比遵守這個承諾更重要了。趕、快、上、車！」

貓的叫聲愈來愈近，我轉頭看奈吉，牠正在優閒的漫步，尋找可以磨蹭的東西。牠停下腳步，視線來到我的身上。

「馬修，現在！」

她的大吼讓我不禁瑟縮了一下，我馬上跳起來、大力關上門，接著鑽進車裡。

然後我們就在這裡了，身陷商店街的車陣之中。

「你看，那不是你的朋友湯姆嗎？我是不是應該跟他打個招呼？他看到你出門活動一定很高興。」

媽透過擋風玻璃對那群身穿白襯衫和藍領帶的孩子激動揮手，幸好他們沒看到。

「不要啦！媽！」

我往座椅底下滑，媽不情願的靠回椅背。

我最好的朋友湯姆就在車窗外幾公尺的地方喝著可樂，那個我「曾經」最好的朋友。他跟一個叫做賽門的同學站在一起，一邊笑一邊搖擺身體，彷彿失去了好好站著的能力。

「賽門‧杜克？」我低聲說。「為什麼要跟他混在一起？」

賽門‧杜克是個愛編故事唬人的笨蛋，例如宣稱自己的爸爸是 FBI 的高級探員，所以他們只是暫時住在這裡，只要一接到通知，就會馬上搭飛機到下一個地方執行任務。

「如果有一天我沒有來學校，那就是我們收到通知要離開這裡。」去年，他在數學課上故作神祕的用破綻百出的美國腔這樣說。

　　他的形象會破滅，是因為有人在五金賣場看到他爸爸穿著橘色圍裙幫客人把全新的馬桶放進購物車。這件事情讓他變得很哀傷。

　　「賽門，你爸應該是在 DIY 上班，不是 FBI ！」

　　「他要怎麼逮捕犯人？叫他們把自己黏起來，還是用熱熔膠槍射他們？」

　　驚人的是，賽門居然成功的圓了這個謊：「我爸總得偽裝成一般人吧？」

　　現在更驚人的是，湯姆竟然決定跟他混在一起。

　　車子在車陣中慢慢往前推進，我從後照鏡觀察他們。

　　「你隨時可以邀請朋友來家裡啊，馬修，」媽說，「別跟他們斷了聯絡。」

　　我沒理她，繼續看著湯姆和賽門在鏡子裡變得愈來愈小。

　　想要洗手的衝動愈來愈強烈，我熱到連眼皮都在流汗了。我閉上眼睛，試著讓呼吸平穩下來，媽則是繼續八卦她店裡的客人、鄰居，還有她能想到的所有事情，藉此填補沉默。

　　「……那個叫凱西的女孩才六歲，小泰迪也只有十五個月大，還需要換尿布，你能想像一個老人家處理這些事情嗎？他肯定會累壞。」

　　我聽著她的碎唸，試著把胃裡不舒服的感覺壓下去。終於，車子慢下來、停進了診所的停車位。我張開眼睛，在耀眼

的陽光底下眨眨眼。

「你能出門真的很棒，馬修。很抱歉我剛才大吼要你上車，我只是想要你……正……可以過正常的生活，就是這樣，我只是關心你。」

我點點頭，但是說不出什麼話。深呼吸之後，我打開車門。

候診室滿安靜的，我坐在第一排的椅子上，因為這整排都沒有人坐。媽在櫃檯前面等著報到，角落有一個水藍色的魚缸不停冒出泡泡，魚缸外面有一隻鯊魚玩具，每隔三秒就把嘴巴張開又閉上。我發現有一個圖釘掉在地毯和牆壁間的縫隙，尖尖的釘子朝上。圖釘正上方的牆面釘著一張公告，寫著六月有二十四個人預約未到，其中「6」和「24」是用黑色麥克筆寫的，想必櫃檯人員每個月都會把數字擦掉再填上新的。公告的左下角沒有被釘住，所以有點翹起來，我很想撿起圖釘把它釘回去，如果它能乖乖的待在它的位置，一切都會很好，我也會很好。我看向媽，她正朝我走過來，但是又突然轉了個彎，因為她看見候診室後方有個熟悉的身影。

「嗨，克勞蒂亞！天氣真熱，不過我滿喜歡的，妳呢？」

我緊盯著圖釘，不去看這裡的任何人、不去聽某個男人持續的乾咳聲，也不去感受屁股底下滿是細菌的椅子。只要注意圖釘就好，深呼吸，然後數到三，一……二……厶──

「你怎麼會在這裡啊？」

我的呼吸被打斷。有人坐到我旁邊的位子上，而且很近。我的眼角瞄到學校的藍色針織衫制服。

「皮膚怎麼了嗎？所以你才戴手套？」

我轉頭面對梅樂蒂・柏德，她是我的同班同學，就住在我家對面，就是常去墓園的那位。克勞蒂亞是她的媽媽，現在正在跟我媽說話。我手上的寒毛豎了起來，因為梅樂蒂讓我很緊張，除了她有愛去墓園的特殊興趣之外，她家的門牌是三號，就在一號的潘妮和戈登隔壁，這兩個數字擺在一起就是個噩耗。「10+3」對我來說是個隱患，我都會盡可能的避開。我發現有些國家的摩天大樓並沒有「10+3」樓，而是用「12A」或其他字來稱呼，或是直接從十二樓跳到十四樓。這些人可不傻，他們都是專業人士，這麼做絕對有很好的理由。

對抗細菌是我的一大挑戰，但是我也愈來愈覺得自己要多留意這個不吉利的數字，否則它就會降臨在我身上。幸運的是，栗樹巷的門牌只有到十一號，也就是查爾斯先生家。我們曾經收到一封聖誕賀卡，上面寫著「栗樹街 10+3 號，詹姆斯先生收」，它一直沒有被打開，還被丟在我家門邊的窗台直到夏天，因為媽一直無法下定決心丟掉它，即使那間房子根本不存在，搞不好連詹姆斯先生也是。梅樂蒂在講話的時候，我滿腦子都是這些事情，根本沒有認真聽她說話，但是我注意到她真的離我很近。

「妳可以坐過去一點嗎？」我說。

她看了我一眼，然後往她的椅子那邊滑過去一點。

「為什麼？會傳染嗎？還是什麼？」

「不會。」

她用手抓了抓鼻子，指甲有咬過的痕跡，我轉過頭，將注

意力放在圖釘上。一顆汗珠慢慢的滑下我的脊椎，櫃檯上的電扇每隔四秒就會對著候診室吹出一陣熱風。

「那你可以告訴我你怎麼了嗎？」

「不可以。」

她安靜了一分鐘，然後我感受到了從她手臂散發出來的熱氣，她又擠過來了。

「是不能說還是不想說？」

我轉過頭，身體微微向後傾斜，彷彿她有口臭。

「不想說。」

她把一撮棕色長髮塞到耳後，回看了我一下之後聳聳肩。

「好吧。」

我看著圖釘，想像自己把它撿起來，並且對準公告的左下角、壓進牆裡。所有東西都就定位，一切都會好好的。我在腦海寫下筆記：

7月23號，星期三，上午10:45，醫生的候診室
　　◆候診室人數：9
　　◆櫃檯人員：4
　　◆魚缸裡的魚：12
　　◆公告上的圖釘：3
　　◆地上的圖釘：1

「疣。」

我閉上眼睛一秒，接著再次轉向梅樂蒂。

「妳說什麼？」

「我來這裡的原因啊，我的大拇趾上長了一團，痛死我了，我猜應該要燒掉吧。你有長過疣嗎？」

「沒。」

「真的很痛。」

她突然轉頭，看了看我們的媽媽。

「你媽媽真漂亮，不覺得嗎？」

我不知道要回她什麼，所以沒有說話。

「嘿，我聽說你的鄰居有外孫來跟他一起住，出現新面孔應該還不錯吧？」

我對她皺眉。

「不過就是幾個小孩。」

她蹺了一下腳又放下，然後開始輕拉灰色裙子的裙角。

「那位媽媽看來是個厲害的女強人耶，一定很有錢，你不覺得嗎？」

我揉了揉抽痛的額頭。

「昨天教室裡好熱，真等不及要放暑假了。待會還有自然課，但我不想這麼快回去，反正他們應該不會知道，對吧？」

她研究了一下自己的左手心，接著端詳了指甲一番，最後注意力又回到我身上。

「你約了哪位醫生啊？不是柯爾醫生吧？我實在受不了他，他八成已經九十歲了，衣服上總是有食物殘渣，噁心。」

拒絕回答她的每個問題似乎無法阻止她繼續說話。我閉上眼睛，希望她能看懂這個暗示。

「需要我幫你倒杯水嗎？你看起來好熱喔，戴著手套肯定熱得快要燒起來了吧。」

我搖頭，用襯衫袖口擦了擦脖子後面，試著吸掉一點汗水。如果可以把圖釘釘回公告上，一切都會恢復正常，說不定梅樂蒂也會走開。

「你跟傑克・畢夏是好朋友嗎？」

「不是。」

「很好，我超討厭他。他有時候真的很壞，竟然跟我們住同一條巷子。我的意思是，全世界的人裡面我最不想要跟傑克・畢夏當鄰居，你也這麼覺得吧？」

我被候診室響亮的嗶嗶聲嚇到了。擴音器傳來沙啞的男性聲音：「請安德魯先生到二號診間。」

「哈，你差點跌下來耶，你真該看看自己的表情！剛剛真的跳起來了。」

她笑的時候手揮到了我的襯衫，所以我移到隔壁的空位。

「你要去哪？對不起啦，我只是覺得很好笑，沒別的意思。」

她又靠近我，還在咯咯的笑。我聽見媽在我們背後說：

「……克勞蒂亞，我真不知道該怎麼辦，督學已經開始關切了。為什麼他就是不想上學呢？我們到底哪裡做錯了？」

候診室的雜音安靜了下來，每個人都拉長了耳朵想聽媽繼續說，這讓我緊繃的縮起身子。不過暑假就要到了，應該很快就會沒事，九月開學前我再想辦法恢復正常，然後就可以每天都去上學了。

我覺得衣領最上面的扣子太緊了，好像會讓我不知不覺的窒息。梅樂蒂清了清喉嚨，準備再度向我發動聲波攻擊，但是我這次卻對她充滿感激，因為這樣好像可以蓋過媽的聲音。

　　「我覺得應該要有人反抗傑克・畢夏，你覺得呢？你以前不是他的朋友嗎？小學的時候吧？他一直都這麼討人厭嗎？」

　　我聳聳肩。

　　「他到處惹麻煩又沒得到應有的懲罰，實在太久了……你確定你沒事嗎？你的臉色不太好耶。」

　　「我的頭很痛。」

　　她皺了皺眉，不知道是不是發現自己就是我頭痛的原因。

　　「如果你願意，我可以去你家，假日我們一起玩，你就不用一個人了。」

　　她嘟起的下嘴脣蓋住了上嘴脣，眉間擠出皺褶，等待著我的答案。有個老人一拐一拐的走來，我趕緊把雙腳收進椅子底下讓他順利通過。

　　「先不要好了，我最近不太舒服。」我稍微咳了幾聲。

　　她用手掌拍了自己的額頭，啪的一聲嚇了我一跳。

　　「啊！對了！那個神祕的病！你不想告訴我也沒關係，大家都有自己的祕密。」

　　她瞇起眼睛。當我想著這句話是什麼意思時，刺耳的嗶嗶聲又出現了：「梅樂蒂・柏德，請到第四診間。」

　　「輪到我了！下次見啦，小馬。」

　　她突然伸手捏了一下我的手臂，然後跟她媽媽走向長廊。被她碰觸的地方隨即湧上一股強烈的感覺，這絕不是什麼舒服

的感覺，而是感染的緊急警報。這種時候的必要處置就是沖洗，但是我承擔不起走進診所洗手間的風險。當我沿著牆角搜尋剛剛錯失的那枚圖釘時，媽走到我身邊嘆了口氣。

「克勞蒂亞人真好，雖然思想有點另類，但還不錯。我請她改天來沙龍坐坐，幫她修個眉毛。」

她翻了翻皮包，拿出手機開始傳訊息。機會來了！我搖搖晃晃的站起來，但有點耳鳴。這大概不是什麼多棒的主意，可是我沒辦法放著那張公告不管就回家。我慢慢彎腰，正當我的手指碰到冰冷圖釘的那一瞬間，眼前陷入了一片黑暗。

★　★　★

醒來的時候，我的額頭上有一條溼溼冷冷的毛巾，櫃檯人員、媽和護士都站在旁邊低頭看著我。他們七嘴八舌的關心我，認真討論我是不是該去醫院，但是我只想對他們說：「聽著，拜託可以有人去把那個圖釘釘回去嗎？」我的手套被拿掉了，我跟媽說我必須立刻回家，但是她說即使用拖的，也要把我拖去讓柯爾醫生看一下。

柯爾醫生的診間昏暗又充滿霉味，媽告訴他我變得很焦慮，而且無時無刻都想要保持乾淨，我勉強坐在椅子的邊緣，在微弱的光線下注視著裸露的雙手。她刻意用一種高雅的語調說話，是那種在老師、銀行界人士、查爾斯先生和醫生面前才會使用的口吻。

「我們想不出任何辦法，醫生，真的不知道該怎麼辦！」

柯爾醫生在寫東西的時候，骨頭發出了咔咔聲，我們都在

等待他的回應。診間角落有一台老舊的電腦，上面覆蓋了一層薄薄的灰塵。梅樂蒂說對了，他看起來真的有九十歲，而且襯衫上至少有六種不同顏色的汙漬，說不定根本就聽不見媽說話。正當我這麼想的時候，他突然開口了。

「我會把他轉介給一位心理治療師當面評估，他通常會建議要進行至少六週的諮商，之後你就會一切正常了。好嗎？」

他看了我一眼。

太好了，我可以走了嗎？這個念頭在我嘴裡打轉，差點就要衝口而出。

「預約要等多久呢，醫生？」媽說。

他看了看筆記，又開始動筆。「通常需要等一陣子，不好意思。我想目前至少要等三到四個月，也許更久。」

他繼續低頭寫字，媽突然拍了桌子。我跟柯爾醫生都驚訝得從椅子上彈了起來，彷彿車子剛壓過一個減速丘。

「三個月？三個月？你是認真的嗎？」她高雅的語調瞬間消失，柯爾醫生翻了一個白眼。

「柯賓太太，我很抱歉，但是有很多人在排隊，妳兒子的情況不算嚴重。我會寫信跟學校說明，他們會安排妳跟教育局的人會面討論馬修缺課的情況，如果你們還沒談過的話。」

他開始翻閱一本老舊的通訊錄，然後抄到黃色便條紙上。

紙筆發出了吱吱嘎嘎的摩擦聲。

「這是私人治療所，如果妳願意自費，也許會有點幫助。」

他往前遞出黏在手指上、微微顫抖的便條紙，媽一把將它拿走，站起來、氣呼呼的走出診間，留下座位上的我。柯爾醫

生嘆了一口氣，繼續寫他的東西，就像我不在場一樣。我也起身準備離開，但是在門邊停下了腳步。

「柯爾醫生，很抱歉我媽對你大吼。她最近壓力有點大，太多事情了。」

他在板夾上認真書寫了一下，然後抬頭看我。「馬修，你是個好孩子，別再讓你媽頭痛了，這樣才乖。」

他再度低頭，對我揮了揮手，像在趕蒼蠅一樣打發我。

★　★　★

天還沒黑我就上床睡覺了。我的四肢沉重無力、腦袋過度運轉，沒幾分鐘就在外頭烏鶇鳥的歌聲中睡著了。我醒來的時候黑漆漆的，鬧鐘顯示著紅色的數字：上午 2:34。我是被吵醒的，但是在迷迷糊糊的狀態下，我不確定那是什麼，接著我聽到有人在牆壁的另一邊敲打著。

叩，叩，叩。

我坐起來，再次仔細聆聽。

叩，叩，叩。

「你聽到了嗎？」我悄悄跟壁紙獅說：「她又來了。」

我閉上眼睛繼續聽。

叩，叩，叩。

「你在嗎？金魚男孩？你回到魚缸裡了嗎？」

是凱西。我握緊拳頭，準備在她再度出聲的時候回擊，但是我等了十分鐘，一點聲音也沒有。

金魚男孩

　　星期六的午餐時間，爸上樓看我，揮著一封寄給「馬修·柯賓家長」的信。

　　「我們就快解決你的問題了，兒子，讓你健健康康的。天哪，這裡真熱。」

　　他跟媽不一樣，會直接走進我房間。他進來之後直接徒手打開窗戶，笑得很開心，好像收到這封信就可以瞬間解決我的所有「問題」。

　　「爸，你在做什麼？我不想要開窗！」

　　我跳上床，屈起膝蓋抱著我的腿。

　　「當然要開窗啊，一點點新鮮空氣不會把你毒死的。」

　　窗簾在微風中起舞，細菌都降落到地毯上了，它們正開心的尖叫歡呼。

　　「我跟你媽待會要去跟珍珍阿姨野餐，既然你正在好轉，

要不要一起去啊？其他小孩也會去呢。」

珍珍阿姨的「巨無霸野餐」曾經是整個夏天最令人期待的事情。我們會在月曆上用紅筆把那天圈起來，暑假前幾週我就會開始倒數，因為只要一放假就代表野餐日要到了。一開始這只是為了慶祝表哥達西六歲生日所辦的家庭小聚會，但是大家實在玩得太開心了，所以珍珍阿姨決定每年夏天都辦一場。

去年的野餐超級盛大，我們簡直就像一個車隊，在鄉間一個大公園旁邊並排停車。大人先彼此親吻打招呼，然後就把注意力轉到小孩身上。

「奧利弗，你的頭髮這麼長啊，我都快認不出你了。」

「達西幾歲啦？十四歲？哇，我們野餐八年了，珍珍。」

「馬修，待會記得跟我一隊。去年你跑了幾圈啊？」

麥可叔叔把手搭在我的肩膀上，我咧開嘴對他笑。

「應該是十二圈吧，麥可叔叔。」

的確是十二圈，我只是不想要聽起來太臭屁。

把東西拿下車之前，我們二十個人會先到附近走走、刺激一下食慾。其實走的路線每年都一樣，但是大家都還是會爭論一番：

「要左轉，布萊恩，我記得那棵樹。」

「要右轉啦，你怎麼用樹來記？它們看起來都一樣啊！」

珍珍阿姨帶隊往左轉，我們一路上都很歡樂。走到最後，我們的速度愈來愈慢，年紀最小的小孩在隊伍後面抱怨腳很痠，然後有人大喊：

「野餐萬歲！」

我們的車停在山坡上，亮晶晶的反射著陽光，一想到午餐，我們就加緊腳步爬上山坡。大家七手八腳的把野餐墊拼在一起，興匆匆的拿出冰桶和一籃又一籃的食物。

我拚命的狼吞虎嚥，吃了一堆香腸捲和火腿三明治，然後不耐煩的等大家吃完，因為午餐結束之後才是重頭戲。終於，麥可叔叔向大家宣布：

「好，有誰想要打棒球啊？」

我第一個站起來，大人開始把大家公平的分成兩隊。

「你們選雷格叔叔，我們選小瑪莎。」

「雷格叔叔跑不動吧！這樣不公平！」

「馬修可以代替他跑啊，對吧，馬修？」

我邊笑邊點頭，迫不及待的揮舞手中的球棒。

我們一連玩了好幾個小時，直到幾個大人說要休息，一群小孩便去旁邊抓蚱蜢。我坐在媽旁邊，她拍拍我的肩。

「看來你沒打破去年的紀錄喔，親愛的，你得了幾分？」

「今年只有九分。」

「只有九分？明年你一定可以破紀錄的。」

珍珍阿姨把一大碗炸薯片分給大家，東西遞到我面前。

「拿吧小馬，蘸點醬。」

我往山坡下看，樹林裡有個老舊公廁。

「媽，我想去洗個手，很快就回來。」

我往公廁走去，長長的草搔著我的腳踝，當我踏入這個陰涼潮溼的建築，家人興奮的歡笑聲也幾乎聽不到了。這裡的燈都壞了，廁所裡只有洗手槽上方有一個方形窗戶，所以我花了

點時間適應黑暗。我並不覺得可怕，沒錯，只要把手洗乾淨，我就會比較開心。我一個人站在那裡，在黑暗中一邊洗手，一邊聽著馬桶規律的滴水聲。

★　★　★

「走吧，兒子，是巨無霸野餐耶！別錯過了，你不是還要打破你的得分紀錄嗎？上次你跑了幾圈啊？」

我聳聳肩說：「不知道。」

爸在我房間走來走去，端詳我的書和書桌，還有一些紙，幾乎就要摸到它們。我想他認為我不敢叫他離開。

「你的東西都這麼乾淨整齊，一定花了很多功夫啊。你的髒襪子呢？沒洗的杯子跟飲料罐呢？正常的小男生不是都會有這些東西嗎？」

他說「正常」，獅子，你有聽到嗎？這樣說不對吧？

我抬頭看著角落那塊形狀怪異的壁紙，一邊在心裡這樣說。爸的嘴角在笑，但臉可沒有，有時候你得很仔細的觀察他。

「所以你去嗎？有烤肉喔，是珍珍阿姨的烤肉，去嗎？」

我站起來看著桌上的東西，假裝有很緊急的事情得做。

「沒辦法，我有很多學校功課要做，超級多的。」我說，帶著對寫功課的無奈搖搖頭。

爸的嘴角依然在笑，他知道我在說謊。他在我旁邊徘徊，伸手拿起一本筆記本，那是我平常為了打發時間寫得滿滿的深藍色筆記本。

「但是現在是暑假啊，你怎麼會有那麼多功課，你不是幾乎沒有上學嗎？」

他開始翻我的筆記本，每次翻頁前都會舔一下手指，掃視著我的筆跡。我全身顫抖。

「我有很多進度要追，是……個大工程，才剛開始。」

他沒有抬頭。

「那這是什麼？這些一條一條的東西，還有時間什麼的？」他把筆記本稍微拿遠一點，開始唸：「『下午 3:04，查爾斯先生在池塘邊餵魚。下午 4:18，媽下班回來。』天哪兒子，你需要多出去透透氣。」

我搶走他手裡的筆記本，瞬間覺得自己被病菌感染了。

「這就是我剛才說的功課，統計學之類的。反正就是數學……愈早開始愈好。」

他看看我，再看看筆記本，我用大拇指跟食指捏著它。

「看起來都是一些狗屁不通的東西啊。」他說，嘴上的笑容消失了。

「因為你的數學不好啊。」我緊張的笑了笑，不確定他會不會放過我。「你對數字不在行，一般的知識才是你的強項。」

我坐回床上看著壁紙獅，牠歪斜的眼睛給了我肯定的眼神，告訴我我沒事。

「你一直往上看些什麼？」爸往空蕩的牆壁看去。

「沒什麼。」

他走來走去觀察房間角落，又看了看天花板，視線停留在

壁紙上。

「這裡可以重新整理一下——把舊的東西拿掉，再刷幾層漆，整個感覺就不一樣了。」

「不要！」

爸縮了一下。

「你忘了之前說要漆樓下嗎？玻璃屋啊，蓋好之後你刷了一層漆，然後好幾個星期都在講要再多刷幾層。」

我把筆記本丟在床上，爸看著它。我以為他會再度拿起筆記本，但是他往後走，視線落到了我的床底下。我趕緊坐好，把腳懸在床邊搖來搖去，試圖用腳遮住那盒拋棄式手套。

「爸，信上寫了什麼？諮商師寫的嗎？我什麼時候去？」

他繼續盯著床底下看。

「這個星期……二。」

我停止動作。

「那誰要帶我去？」

我若無其事的動動腳，只有一點點，想藉此轉移他的注意力。他站在那裡，似乎對所看到的東西感到有點疑惑。

「我們都會去……」

他往前走了一步，接著……

「布萊恩，我們要遲到了！」媽從門外探出頭來，她看到爸站在我房間裡時露出了訝異的表情，但是很快又恢復鎮定。

「馬修，你不去嗎？走啦，到那邊你就會開始享受了。」

我沒有回答。

「他說有很多功課要做。」爸說，顯然忘記了要多看幾眼

我床底下的東西。

「改天再做吧？」媽語帶懇求。「跟我們一起去嘛！會很好玩的！珍珍阿姨見到你會很開心的。」

我看著他們。媽對我笑，但是眼神卻充滿懇求。她沒有跨過我房門的那條界線。

「抱歉了，媽。」

爸清了清喉嚨。「好吧，有什麼事情就打電話來，我們不會去太久。走吧，席拉，別遲到了。」

他大概不知道我已經好幾個月沒用電話了。媽勉強對我擠出笑容，然後關上房門。我下床偷聽他們在門外低聲談話。

「別擔心了，我們暫時拋下煩惱，去放鬆一下吧。」

「我們快要失去他了，布萊恩，你有看到他的表情嗎？他嚇壞了！我們的兒子陷入焦慮，我們卻一點辦法也沒有。」

「他會走出來的，他很堅強啊，記得嗎？卡倫走了之後他多棒啊！」

他們慢慢走下樓，我聽見大門關上的聲音。我靜靜的站著，在房間裡聽著這一片寂靜、抹掉臉上的眼淚。

「我怎麼了？獅子，」我說，「為什麼我停不下來？」

壁紙獅回望著我，臉上沒有表情。

我彎腰拿出我的祕密盒、戴上手套（剩餘數量：4 雙）、關上窗戶。我從浴室拿出抗菌清潔液，噴了一點在筆記本上，再用乾淨的布擦拭。爸把那封信留在我桌上，我並不想碰它，所以就從縫隙偷看。

……您的兒子馬修・柯賓於 7 月 29 日上午 10:00，由羅德醫生進行心理評估……

我捏起信的一角，接著走到樓梯口、放手讓它落到大門的地墊上，然後到浴室洗手十二次。

寄件人 梅樂蒂・柏德
收件人 馬修・柯賓
主旨 你昏倒了／我的疣！

嗨，馬修！
我聽說你在診所昏倒，其實我有看到。
你就直接倒在地毯上耶，
你還好嗎？我就說吧，你的臉色很差。
P.S. 喔，我的疣有個好消息！不用燒掉了，但是我每天都要擦藥，真是麻煩。

我看著電腦螢幕，不太知道該怎麼回覆她。展現禮貌的同時又保持距離應該是最好的做法，想好之後我就準備打字。為了打字，我的右手戴上了一隻乳膠手套，另一隻手則保持懸空、不碰到任何東西。我在分配有限的手套，一次只戴一隻。

　　我按下寄送後就站了起來，因為外面傳來許多聲音。查爾
斯先生在前院澆花，而凱西和泰迪在他身邊跑來跑去，往他噴
水的地方跳，只要碰到冰涼的水就會發出尖叫。查爾斯先生面
紅耳赤，想要叫他們冷靜下來，但是他愈喊，他們就跑得愈
快。刺眼的陽光讓我幾乎看不到牧師宅裡老妮娜放在窗邊的桌
燈，只能大概看見有一團柔和的橘色光芒。

　　我聽到滴滴聲，通知我收件匣有新訊息。

讀她的信簡直就像直接聽她說話。

寄件人 馬修・柯賓
收件人 梅樂蒂・柏德
主旨 忙

我正忙著趕上學校的進度，所以不用過來了，而且我有很多朋友，謝謝妳。我並不討厭傑克，只是不怎麼喜歡他，這不一樣。

我一點也不想要一個長疣的女生到家裡來。

查爾斯先生在外頭大吼。

「凱西！馬上停止！妳看，妳把這裡搞得一團亂。」

他拉著水管沖洗走道，上面印著好多小孩的泥巴腳印。水噴到泰迪腳踝的時候他尖叫了一下，然後用很好笑的姿勢跳了一下，又沿著屋子邊緣跑向後院。查爾斯先生繼續沖洗一路延續到柵門的腳印，凱西趁他不注意的時候踩進了花園邊的泥巴坑，接著又踩上才剛剛沖洗過的地方，她的粉紅色小洋裝背後都是一點又一點的泥巴。查爾斯先生見狀後便把水管扔在一旁，一把抓住凱西的兩隻手臂。

「不是叫妳不要再這樣了嗎，有沒有？為什麼不乖乖聽話？真是愛搞蛋！」

他在凱西的手臂上留下兩條紅色的抓痕，看起來就像生培

根。凱西看起來好像要哭了，但是她努力忍住，憤怒的看著查爾斯先生。

「好了，乖乖去玩吧。」他說，一邊在她頭上拍了三下。「還要看著妳弟弟，不准再讓他靠近池塘！」他撿起水管，繼續沖洗走道。凱西把手環抱在胸前並向後院走去。

7月26日，星期六，下午12:15，房間
◆ 隔壁草地上的玩具數量：17
◆ 隔壁花園的小孩人數：2
◆ 在隔壁花園看著我的小孩人數：1

泰迪盤腿坐在草地上，認真的研究沾滿泥巴的腳底。他用指甲刮了刮腳底後拿到眼前觀察，接著再換另一隻腳。凱西在那裡跳舞，手裡抓著粉紅色洋裝的裙襬，踮著腳尖跳來跳去，沉醉在想像中的芭蕾舞表演裡。當她踮腳旋轉的時候，她突然停下來往上盯著我看。她的嘴巴張開又閉上，然後開始大笑。

「泰迪你看！是金魚！看！金魚男孩在他的魚缸裡！」

泰迪站起來看著我的窗戶，在刺眼的陽光底下瞇起眼睛。他的笑容愈來愈大，似乎準備要對我揮手，但是我趕緊躲起來，心臟大力的怦怦跳。

CHAPTER 7

梅樂蒂與傑克

　　從辦公室的窗戶看出去，天空是藍色的，就像日本卡通裡的那樣，今天又是一個大熱天。

7 月 28 日，星期一，辦公室／育嬰房，上午 9:35
　　上午 9:34，戈登和潘妮開著藍色飛雅特汽車出門。
　老妮娜的桌燈跟平常一樣，在牧師宅的客廳窗戶旁亮著。傑克在馬路中間騎腳踏車，不斷的繞 8 字形。
　他停下來看了一下手機之後又開始騎。里奧開車去
　上班了，他的車子聽起來就像一台坦克車。

　　里奧是傑克的哥哥，在我們這一帶很有名。高中畢業那天，他找了一群同伴把校長的車抬走、夾在學校的柵門中間，最後出動了吊車才把車子移走。校長摀著臉從手指間隙觀看現

場的照片成了本地報紙的頭條：**學生惡搞，令人頭痛！**

　　不久之後，附近一間修車廠跟里奧聯絡，說他們很欣賞他的精神，還問他有沒有興趣成為學徒，於是里奧就開始在那邊工作。他經常在修車廠沾滿油汙的車道上拆解他的銀色迷你奧斯汀汽車。

　　「傑克！你的噴劑！」蘇在五號的門階上喊著，她是傑克的媽媽。她走進屋裡，家門只關了一半。

　　傑克又騎了兩個 8 字，然後朝家裡的車道加速。他用盡全力的踩，在撞上門階前的最後一刻緊急煞車，然後哐噹一聲把車丟在門口、甩門進屋。

　　我坐回辦公室的椅子上，電腦螢幕上的我看起來面無表情、眼神空洞，皮膚也呈現半透明狀態。我揉了揉右邊眉毛上方凹陷的疤，它好像比以前更明顯了。我討厭這個疤，它一直在那裡，不斷提醒著我那件事。我肚子裡的甲蟲又在挖了。

　　如果卡倫還在，今年就五歲了，可能會很煩人，一直纏著我想吸引我的注意。到了這個年紀，他可能會覺得嫩黃色牆壁太幼稚，想要爸媽弄一個恐龍主題的「大男孩房間」。爸應該會把那個大象吊飾收到閣樓，把房間塗上老派的綠色。改造完成之後，我會帶一桶在衣櫥底找到的恐龍玩具走到他門前。

　　「這個給你，卡倫，你喜歡的話，就送給你吧。」

　　他會拿著恐龍玩具，激動的在房間裡又叫又跳，然後我會假裝覺得他很吵，要他安靜一點。他會把床上新的暴龍被子拉到地上、扭成漩渦狀，假裝是一座巨大的山，然後把玩具從桶子裡倒出來，讓每一隻恐龍沿著蜿蜒的路走上山頭，最後讓三

角龍和雷龍在山頂上進行一場盛大的對決。我會悄悄離開，讓他自己快樂的尖叫、吵鬧。

這聽起來可能有點怪，但是我很想念這個我從來沒有見過的弟弟，被我害死的弟弟。

我腦海裡的小劇場被外面的聲音打斷。梅樂蒂站在小巷的盡頭，也就是傑克家旁邊，準備回到位在三號的家。她大概剛結束一場神祕的墓園之旅，手裡還有幾張白色的小紙片。

傑克在巷子裡騎車，一直故意擋住她的去路。她綁著馬尾、穿著黑色 T 恤、黑色緊身褲和那件黑色針織衫，全身上下只有那雙粉紅色夾腳拖鞋顯示出她知道現在是熱浪來襲的時刻。她一下往左一下往右，試圖穿越馬路，夾腳拖啪嗒啪嗒的響。傑克說了一些話，但是我聽不清楚。然後他終於踩著踏板離開，我以為他放過梅樂蒂了，但是他又疾速衝了回來，在她面前緊急煞車，離她只有短短幾公分的距離。梅樂蒂嚇了一跳，但並沒有看他。她往旁邊移了一步，假裝繼續往前走，但卻馬上轉身朝著我家走來。雖然我一直在看他們，但是門鈴聲還是把我嚇得跳了起來。我躲在窗邊他看不到的地方，沒有去應門。門鈴又響了，我聽見傑克對她大吼。

「為什麼不回我訊息？妳以為妳是誰，竟然不理我？」

他停在我家的走道盡頭，用腳踏車擋住梅樂蒂的去路。我看著梅樂蒂的頭頂，她在等我開門。

「妳找他幹麼？想不到妳對怪咖有興趣啊，我以為妳只喜歡死人呢。」

他仰頭大笑，露出脖子上一圈又一圈的紅疹。我的肚子緊

張得糾結在一起。

梅樂蒂又按了一次門鈴，然後放棄、轉身。她走向傑克，小聲的說了一句話，可能是「請借過」，但我不太確定。她低頭咬指甲，一點都不像診所裡那個開心又聒噪的女生。

傑克往前靠在腳踏車的龍頭上，瞪著梅樂蒂。她試著從兩邊突破，但是傑克繼續來回移動腳踏車、擋住她。

「妳忘了說通關密語，梅樂蒂。」

她又含糊的回了一些話。

傑克用手指抵著下巴，似乎正考慮是否讓她通過，但是還難以下決定，接著他一把抓住她的手腕。梅樂蒂掙扎一番後抬頭看我，她一定知道我都待在樓上看她就像個白癡一樣被傑克耍。我跟她對望了一陣子。

「拜託，傑克，你就讓她走吧。」我輕聲說。他拿起手機拍梅樂蒂，然後她終於掙脫，並用手遮住自己的臉。

「笑一個啊梅樂蒂，我可要好好保存這張照片。」

我實在受不了了，於是衝下樓，用袖子蓋住門把、打開門。

「嗨，梅樂蒂！真抱歉，我剛剛在後面……」

傑克嘲諷：「喔，我懂了，怪人也會物以類聚。你應該知道她只喜歡屍體吧？」

他仰起了頭，似乎又要繼續冷嘲熱諷，但是卻突然停了下來，張著嘴盯著對街。不知道什麼時候，牧師宅的門打開了，老妮娜就站在那裡看著這一切。她站了一會兒，然後小心的走下門階，朝她家的柵門前進。她緩緩的抬起手臂，伸出又白又

長的手指指向傑克。他看著老妮娜，依然驚訝的張著嘴。接下來，老妮娜就這樣舉著枯瘦的手，手指頭牢牢指著傑克，彷彿凍結一般。梅樂蒂迅速跑進我家玄關、站在我旁邊，傑克則急忙踩上踏板，迴轉之後迅速離開。老妮娜放下她的手，我跟梅樂蒂目送她走回家裡，牧師宅的大門又再度關上。

梅樂蒂在我家小小的玄關裡走來走去，腳下發出啪嗒啪嗒的聲音，我連忙閃躲。

「你有看到嗎？老妮娜竟然把他趕走了！她應該是看到傑克在欺負我吧？」

「不知道耶，梅樂蒂。」

我盯著她踩在我家地毯上的夾腳拖。

「他真的很可惡耶，竟然逃走了！」

她來來回回走動，這讓我感到頭暈。我在想，是不是應該請她在屋內把夾腳拖脫掉，但是我想起了她的疣。

她手裡握著幾張白色的小紙片，應該是從墓園那邊拿的，看起來像是名片，說不定跟教堂有關。是唱詩班嗎？也許是。不，那邊沒有唱詩班。我會知道是因為卡倫的葬禮，我們本來想請他們唱讚美詩〈萬物光彩絢爛〉來安慰難過的媽。想到這裡，潛藏在我肚子深處的黑色甲蟲醒了過來，再度急匆匆的爬來爬去，尖銳細小的腳刺痛著我。

「他走了，妳差不多也可以回去了……」我說。我想要把門打開一點，但是不希望她看到我用袖子碰門。

「他被嚇跑了，小馬，他看起來很害怕。」

她停下來看我，我縮在牆角，汗水就要從臉上滑下來。

「你還好嗎？該不會又要昏倒了吧？」

我搖搖頭，試著讓自己看起來平靜一點，即使我一點也不覺得平靜。

「我想，傑克應該是以為老妮娜要對他下什麼咒語，你不覺得嗎？你有看到她的手指嗎？也許傑克知道些什麼，畢竟他就住在老妮娜隔壁，說不定看過什麼我們沒看過的。你覺得她是不是女巫啊？」

她來回躂步，夾腳拖又開始拍打著地板。

「女巫？」

梅樂蒂對我露齒而笑，為了傑克難得被修理而興奮不已。我承認，看到他落荒而逃的感覺的確很棒，但是我更在意從她的針織衫上掉落到地毯的黑色毛球。我的心臟劇烈跳動著，在我家玄關的這個女生才剛去過墓園，必須馬上離開。

「而且，她那盞燈又是怎麼回事？我從來沒看過她關掉，從來沒有。」梅樂蒂非常興奮，突然大力拍起手來。「說不定是某種信號！這樣就可以告訴其他巫師這裡住了一位女巫，你覺得呢？」

說到這裡，她興奮得就要翻起筋斗了，但是我的表情讓她停下了動作。

「馬修，你到底怎麼了？」

她盯著我，我冒著被她看見用衣袖開門的風險，把門全部打開。

「抱歉了，梅樂蒂，我實在很忙，可以請妳離開嗎？」

她往外看了看，再看看我。

「什麼？」

「我說，可以請妳離開嗎？」

她皺起了眉頭，額頭上出現了許多細小的皺褶，下嘴脣也往上嘟了起來，她終於聽懂我說的話了。

「可是……我們還沒講完啊，你不想討論老妮娜嗎？」

我搖頭。

她眨了眨眼睛之後，往門口走了一步。

「可是當傑克找我碴的時候，你讓我進來了耶？」

我感覺到她針織衫上的細菌在我的腳踝上敲敲打打，還在皮膚底下挖地道。

「我其實不是真的想讓妳進來，我做錯了。」

她抿著嘴，瞪了我一眼之後用力的走了出去、越過馬路。

我馬上關門跑上樓。

CHAPTER 8

玩花瓣的泰迪

我被壁紙獅驚醒。

在夢裡，我問了牠一個問題：「困在那裡，看著外面的人來來往往，是什麼感覺？」

牠的聲音聽起來有點緊張，似乎覺得自己不該說話，但是又忍不住說：「你一定知道這種感覺……不是嗎，馬修？」

牠的回答驚醒了我，我的心臟猛烈狂跳。我突然感到困頓迷茫，就像每次在白天睡著時，失去意識的那一瞬間。

我面向地板，歪頭靠在枕頭邊緣。陽光在地毯上形成了一個黃色的長形方塊，從書桌延伸到書架。我繼續聆聽，看看壁紙獅是不是還有話要說，但是我只聽見遠方割草機的嗡嗡聲。我向後翻了個身，往某個壁紙長得像獅子臉的小角落看過去。牠的眼睛還是垂垂的，亂糟糟的鬃毛就像太陽周圍的火焰；牠的鼻子又寬又扁，而嘴巴……緊緊閉著，真是感謝老天。

鬧鐘顯示現在是下午 12:45，我睡了一個多小時；真奇怪，我愈閒閒沒事做卻愈覺得累。我起床，伸了伸懶腰。

窗戶外，我看到查爾斯先生的後院有個軟趴趴的藍色充氣水池，裡面是水、雜草和死蒼蠅混合的夏日特調，凱西跟泰迪都不在這裡。我家的院子也是一片荒蕪，媽的躺椅被陽光烤得有點乾裂，爸在那後面架的豆棚也乾枯得發黑。

我帶上筆記本，穿過走道進入辦公室，看看屋子前面有沒有什麼狀況。

7 月 28 日，星期一，下午 12:47
辦公室／育嬰房，非常熱
泰迪在隔壁的前院，他穿著拉拉褲和有冰淇淋圖案的白色 T 恤、光著腳丫。查爾斯先生和凱西都不見人影。柵門關著，門閂也鎖上了。

泰迪把手伸向粉紅色的玫瑰、抓下一把花瓣，然後撒在走道上，花瓣落到他晒傷的腳上時跳起了舞來。泰迪身邊的地上有一把鏟子和一塊綠色的跪墊，想必是查爾斯先生剛剛整理花園時留下來的，等他回來看到泰迪的傑作，加上他對玫瑰所付出的大把時間與心血，恐怕就笑不出來了。

泰迪左手拿著一條藍色小方毯，他跟凱西搭高級大轎車來的時候就一直抱著它。他讓毯子落到地上，然後抓了更多花瓣，再看著它們掉落在毯子上。當最後一片花瓣落下之後，他又伸手去抓一朵很大的玫瑰，但是小手臂被刺到了。

「哎喲！」他叫了一聲，皺著臉小步的跳著。

我以為他會跑去找查爾斯先生，但是他只是蹲下來盯著手臂上的傷口，用毯子輕輕摩擦。

我聽見門被用力打開的聲音，然後看到詹金斯先生穿著慢跑服出現在隔壁門口，他一邊滑著 iPod，一邊把白色的耳機線繞過脖子。他笑的時候，晒成棕色的皮膚讓牙齒顯得更白。幸好漢娜沒有出現，這樣我就不用看見她的大肚子了。詹金斯先生走出車道之後往左轉，並開始慢跑，一點也沒有發現一旁蹲在院子裡的泰迪。

泰迪站了起來，一小滴血沿著手臂流了下來，但是他似乎不太在意。他又伸手去抓花瓣，但卻突然停了下來，注意力被眼角掠過的東西給吸引了。

那就是我。

他轉過身，用胖嘟嘟的手指著我的窗戶，然後驚奇的說：「小魚！」

我看著他興奮的跳來跳去，因為發現了金魚男孩而欣喜若狂。他環顧四周，想要找人分享這件事。

「小魚！凱西！看！外公！」但是沒有人跑來。

我離開窗邊，看了顯示在電腦螢幕角落的時間：**下午 12:55**，這是個很關鍵的時間點。

雖然我沒有寫下來，但是不知道為什麼，我記得很清楚。

在那個豔陽高照的大熱天，下午 12:55 分之後的某個時間點，泰迪・道森失蹤了。

CHAPTER 9

泰迪失蹤了

結果查爾斯先生並不是在整理花園，我看到的鏟子跟跪墊是他前一天因為忙著照顧兩個小孩而忘記收起來的。泰迪在拔花瓣的時候，查爾斯先生正在屋裡的扶手椅上睡午覺。下午2:37，我正在打掃房間，聽見有人在院子大喊。

「泰迪！你在哪裡啊，泰迪？不要再躲了。」

我往外看，看見查爾斯先生晒得紅通通的頭頂，他站在露台上，手扠著腰。

「好像有什麼事情耶。」我跟壁紙獅說。

「泰迪！泰迪！小傢伙，你現在就給我出來！」

他繞著房子到處走動，我跑到辦公室，梅樂蒂的媽媽克勞蒂亞正把她的老爺車倒出車道。駛過十一號時，她跟查爾斯先生揮了揮手，沒有注意到他正處在焦急之中。他小跑了起來，不斷往各個方向探查，沒有回應克勞蒂亞。我做了些筆記。

「泰迪！泰迪！不要再躲了，快點出來！」

幾片粉嫩的花瓣在走道上滾動，被風吹往柵門的方向，柵門現在是開著的。查爾斯先生快速在這個弧形的死巷裡繞來繞去，在別人的院子和車子裡尋找泰迪的身影。

「你在哪啊，泰迪？泰迪！」

他的聲音變得不太一樣，音調比平常還要高也開始顫抖。他經過五號時，傑克的媽媽蘇出現了，穿著超市的制服。

「還好嗎？查爾斯先生？」她喊。

「他不見了，泰迪不見了。泰迪！」

這聲大喊傳遍了每一扇窗戶，我們都在等泰迪回答，可是只等到遠方的汽車引擎聲和一群麻雀在滿是塵土的路上嘰嘰喳喳。查爾斯先生繼續搖搖晃晃的前進，而蘇向他走去，兩隻手搭在他身上，說了一些話之後便一起走回十一號。

「報警吧⋯⋯安全起見⋯⋯」

「⋯⋯能跑去哪？我只不過是在客廳⋯⋯」

他們走回家裡，我也看了看這附近。炎熱的陽光下，一切都很平靜。

到了下午 3:05，巷子裡來了一輛警車，查爾斯先生和蘇跑到柵門前去迎接。兩位身穿制服的警察走下車，查爾斯先生用顫抖的聲音說：「⋯⋯外孫不見了⋯⋯媽媽在紐約⋯⋯還不知道⋯⋯那裡現在是白天還是晚上？⋯⋯我該打給她嗎？」

一位女警抓住查爾斯先生的手臂，帶他回到屋子裡，另一位年紀較大的警察則朝著無線電說了些話。

我回到房間，從窗戶看泰迪是不是躲在後院的草叢裡，或

者更慘，變成池塘裡臉朝下的浮屍，但是一點蹤影也沒有。

凱西在那個洩了一半氣的充氣游泳池旁邊自顧自的玩耍。她讓那個醜娃娃靠著充氣游泳池的邊緣、面向水面，看起來就像在尋找水底下的東西。接著她跳躍著走向房子，我往旁邊移了一步，以免被她看見。她從屋外的露台開始起跑，朝娃娃全速衝去，然後用沾了泥巴的腳丫踢娃娃的背。娃娃跌進了游泳池、濺起了一陣小水花。她盯著溺水的娃娃一會兒，然後伸手把它拉起來溫柔的抱在懷裡、輕輕撫摸它的頭髮。我感到不寒而慄。

「這個小孩有點可怕。」我跟壁紙獅說。我看了一下時鐘，從我看見泰迪玩花瓣到現在已經過了將近兩個小時，說不定他只是躲在櫥櫃或床底下之類的，還是會被找到的。可是為什麼柵門打開了呢？他應該開不了那個門閂吧？

我看著壁紙獅，牠似乎不是很肯定。

一股洗手的衝動突然湧上，我趕緊跑到浴室。

手指間薄薄的皮膚開始裂開，頻繁洗手讓它更嚴重了。我潑了一點冷水到臉上，然後扭開熱水，當水變得燙手之後又再洗了一次，我不確定自己在浴室待了多久。

回到房間後，我讓手上的水滴在地毯上，這沒問題，因為手上的水是乾淨的，而且比起用毛巾擦，用這種方式把手晾乾更衛生也比較不痛。那位年長的警察在查爾斯先生的院子裡到處查看花木和草叢，凱西在一旁看著他，蘇也來到了露台。

「進來吧，凱西，乖女孩。」

她催促著凱西，而警察則是繼續查看池塘，用上星期泰迪

戳弄死鳥的樹枝探了探池水。接著他打開儲藏室，裡面的東西就連我也看得一清二楚，只有一台除草機、一把梯子、一個水桶、幾個花盆，還有一些園藝工具。他檢查儲藏室外圍，用腰帶上的手電筒探照底部的空隙。這時，那位女警走了過來。

「有什麼發現嗎？」

他搖搖頭。

「裡面也沒有。我要拿梯子去檢查閣樓，誰知道呢。」

她從儲藏室拿出梯子並迅速走回屋裡，另一位警察則是到旁邊對著無線電講話。

屋子前面開始變得有點忙碌，又出現了一輛警車，它閃著紅藍色的燈停在我家外面，還有一台銀色福特汽車停在它後面。有兩位穿著制服的警察從警車走出來，第二台車的一男一女則穿著普通的衣服，他們直接走進十一號敞開的大門。查爾斯先生的閣樓傳來碰撞和吱吱嘎嘎的聲音，我想像那位女警在上面爬來爬去、搜索陰暗角落的樣子。

我往窗外看，但是視線變得有點模糊，玻璃開始振動，有一架警用直升機從潘妮和戈登家的煙囪後方冒了出來，像隻黑黃相間的巨型大黃蜂，我的胸口也在隆隆作響。它在屋子上方發出轟隆隆的巨響，我趕緊跑到房間裡，看著它在大家的院子上空徘徊。

「看起來很嚴重耶，獅子。」我跟那塊壁紙說。「事情真的大條了。」

我家的門鈴響起，我瞬間僵住。媽應該還要一小時才會回來，而且她也有鑰匙。我從樓梯上偷看，半透明的玻璃門外站

著一個黑色的巨大人影。他又按了一次門鈴，然後翻開送信口朝裡面大喊。

「有人在嗎？可以開門嗎？我是警察。」

警車閃爍的光線在玄關處不斷打轉，就像一隻惱人的藍色蒼蠅。我慢慢走下樓，把門稍微打開。直升機的聲音實在太大了，就像有人在我的肋骨上敲敲打打。

「你好，他說你也許不會來開門，你身體不舒服嗎？」

這位臉長得像番茄的瘦警察站在門階上，手裡拿著板夾和一枝筆；他得大喊才能蓋過直升機的聲音。在他身後，我看到那位搜索查爾斯先生家後院的警察正在跟手抱著臘腸狗法蘭基的克勞蒂亞講話。

「我是坎朋警官，隔壁發生了嚴重的事件，有個小孩走失了，你有看到他嗎？」

我搖搖頭。

「那你有在這附近看到什麼人嗎？有行跡可疑的人嗎？」

我又搖搖頭。

「好吧，我需要檢查一下你家後院，可以嗎？」

陽光讓我眨了眨眼，我低頭看著他又大又黑的鞋子。

「你要帶我從旁邊繞過去嗎？」坎朋警官皺起眉頭。

「小朋友，讓我進去吧？這件事情很嚴重。」

我往後退，他推開門，大腳踏到了門墊上，他隨便抹了一下鞋子就往廚房的方向走去，然後進入玻璃屋。

「從這裡嗎？」

我點點頭。

「我待會再回來問一些細節。」他說完便從後門走出去。

我站在餐廳入口，看著他四處查看灌木叢和爸的豆棚後方。這條巷子裡，大家的院子都不大，全部檢查應該也不會太久。他檢查完房子側面放垃圾桶和資源回收的地方之後，便往儲藏室走去。門打開的時候，兩支網球拍、搖擺球的竿子，還有清理落葉的耙子都掉了下來，他搖搖頭後跨過這些亂糟糟的東西，接著移開擋在路中央的東西，才能好好檢查。

我抓緊機會用手肘打開水龍頭，在廚房的水槽洗手。這裡的病菌比較多，因為門會經常開開關關，奈吉也會隨時來這裡窩著。我聽到那位警察在對無線電說話，同時往廚房走回來，我便趕緊把手甩乾。

「呼！室內好多了，又涼又舒服。你爸媽在上班嗎？」

我點點頭。

他拉了一張松木餐桌椅來坐，發出了刺耳的聲音，而我選擇站在餐廳門口，這讓他皺起了眉頭，顯然注意到我沒有打算走進去。

「你家是九號吧？你叫什麼名字？」

他把兩隻腳勾在椅腳上等我回答，髒兮兮的鞋底終於離開地板。

「馬修‧柯賓。」

「你幾歲呢？馬修？」

「十二歲。」

他的視線從板夾移到我身上。

「你知道鄰居查爾斯先生最近有外孫來他家住嗎？」

「知道。」

「那個小男孩泰迪可能走失了，你該不會有看到他或聽到他的聲音吧？」

我跟他說了玩花瓣的事，還有鎖住的柵門。我告訴他，我以為查爾斯先生在前院整理花草，只是有事去後院一下。但是我沒有跟他說泰迪叫我小魚，還用手指著我，這應該不重要。警察在板夾上草草的書寫，舌頭從嘴邊露出，似乎需要很專心才能把每個字連在一起。他的身體往後傾，只用椅子後方的兩支椅腳翹起椅子並保持平衡，這是爸最討厭的坐姿。

「你有跟任何人說這件事嗎？說你看到他在靠近馬路的地方自己玩？」

我眨了幾下眼睛。

「沒有。我以為他外公就在附近，所以不覺得奇怪。而且他也沒有靠近馬路，柵門是關著的。」

他寫了一些東西，然後抬頭看我。

「為什麼你會注意到這種事情？」

「什麼？」

我覺得不太舒服。

「注意到柵門是關上的。」

我不小心靠到了門框上，趕緊站直。

「不知道……我就是會隨便到處看看，就這樣。」

坎朋警官不再寫筆記了。

「那為什麼你會從窗戶往外看呢？現在在放暑假，你怎麼沒有去踢足球或是瘋狂打電動？小孩不是都這樣嗎？」

他用鉛筆輕敲嘴脣，我的眼神亂飄，思考著該怎麼回答。

「那時候我在前面的辦公室收電子郵件。」

砰的一聲，椅子的四支腳都著地了，警察起身的時候，椅腳在磁磚地上拖了一下。

「我可以看看嗎？」

我往後退到了玄關。

「看什麼？」

「你收信時看見那個小孩的窗戶，我想知道從那裡可以看到什麼，可以嗎？」

他沒有等我回答就直接穿著鞋走上樓，沾著汗水的手摩擦著樓梯扶手並發出了聲音。我希望他離開我家。

「這裡嗎？」他問完便向右轉走進辦公室。我跟著他，但是我停在走道中間，試圖守住我的房間，壁紙獅也在房間裡小聲的咆哮。

「這裡可以清楚看到整條巷子耶。」他把帶著病菌的雙手放在潔白無菌的窗台上，並到處觀望。

「你有注意到什麼陌生人嗎？或是沒見過的車？任何有點奇怪的事情？」

我想起凱西把泰迪推進池塘的事，但是我沒有說。

「沒有。」

他離開窗邊，在房裡到處看看。

「媽媽懷孕啦？」他說，頭朝著大象吊飾點了一下。

我搖搖頭，但是他毫不在意的走下樓。

「有鄰居出門跑步。」我跟在他身後說著。

「是哪位鄰居？」坎朋警官拿起帽子和記事本。

「隔壁七號的詹金斯先生，他出門的時間是⋯⋯」我拿出放在後口袋的筆記本，「下午 12：51。」

他瞇起眼睛。

「你記下來了？」

我點點頭，馬上把筆記本塞回口袋。我幹麼拿筆記本來看啊？

「你怎麼會記錄這種東西？這麼瑣碎的事情？你確定沒有看到什麼嗎？」

電話響了，我們望向廚房流理台上的黑色話筒，上面的紅燈不斷閃爍。

「你要接嗎？」

電話又響了三聲，我還是沒有移動。坎朋警官靠在廚房的檯面上，環抱著雙手。我往話筒走過去，吞了吞口水，嘴巴簡直乾透了。電話這種精密的東西潛藏著各種你想得到的病菌；我以前有一支手機，但是沒多久就壞了，我想消毒水不太適合用在手機上。

我伸出手，盡量克制身體的顫抖。這時候答錄機突然啟動，廚房裡充滿了媽的聲音。

「哈囉，這裡是柯賓家，我們出門去玩了，請留言給我們，我們會再回電。掰啦！」

她平常是不會說「掰啦」這種話，實際上，除了答錄機，我從來沒有在其他地方聽過她這樣說。有個聲音低沉的女人開始說話。

「哈囉，柯賓夫婦，我是羅德醫生辦公室的黛比。想跟您確認，馬修第一次約診的時間是明天上午十點，很期待見到他。」

坎朋警官摸了摸帽子，迴避我的視線。

「好吧，我得繼續拜訪你的鄰居詹金斯先生了，這是他的名字，對吧？」

他沒等我回答就大步邁向前門、迅速的打開。聽到那個留言之後，他似乎急著離開。

「希望可以很快找到他，通常都是這樣。但是我們可能會再過來，等你爸媽下班之後再跟你們聊聊，好嗎？」。

他戴上帽子、走向漢娜跟詹金斯先生的家。我用腳關上門，跑到樓上拿出清潔用具，趕在病菌擴散以前從辦公室的窗台開始打掃。電腦發出咻咻聲，通知我有新的郵件。

寄件人 梅樂蒂・柏德
收件人 馬修・柯賓
主旨 警察

小馬！你聽說了嗎？泰迪不見了！

她似乎已經原諒我剛才把她趕出家門。我打了一些字，覺得指尖直接接觸鍵盤很髒。

寄件人 馬修‧柯賓
收件人 梅樂蒂‧柏德
主旨 警察

我知道，警察剛剛來我家問我一堆問題。妳有看到什麼嗎？

　　我望向窗外，這條死巷的路中間聚集了一些人，我再度拿出筆記本，等著梅樂蒂回信。

　　泰迪失蹤了，到處都是警察，他們看起來好像在組織搜救隊，戈登、蘇和克勞蒂亞都參加了。

　　戈登戴著白色的寬邊帽子，手裡拿著一瓶水，看起來很像要去打獵。一位女警指向馬路盡頭，戈登點點頭表示認同。

　　漢娜跟坎朋警官在她家的門階上說話，我聽到了奇怪的對話。

　　「……他大概一點出門跑步，但是還沒有回來……通常會在健身房待一下……練腹肌……在學校教體育……」我看不到她，但是可以想像她在談論先生時臉上燦爛的加州式微笑。

　　老妮娜也在跟一位警察說話，同時在門前四處偷看，不過頭低低的，顯然對於這樣的場合感到害怕。咻咻聲又響起。

寄件人	梅樂蒂・柏德
收件人	馬修・柯賓
主旨	警察

我什麼都沒看到。你呢？

寄件人	馬修・柯賓
收件人	梅樂蒂・柏德
主旨	警察

我看到他在前院玩，只有這樣。

　　媽的車緩緩開了過來，停在老妮娜家外面，因為我家的車道被擋住了。她急忙跑向搜救隊，然後驚訝的用手搗住嘴巴。梅樂蒂的信在螢幕上閃爍。

寄件人	梅樂蒂・柏德
收件人	馬修・柯賓
主旨	警察

哇！搞不好你就是關鍵目擊證人耶！你沒看到什麼奇怪的事嗎？一點都沒有嗎？那個凱西呢？她也在玩嗎？查爾斯先生沒有跟泰迪在一起嗎？

我嘆了一口氣，真不該多嘴的。

寄件人 馬修・柯賓
收件人 梅樂蒂・柏德
主旨 警察

沒看到凱西跟查爾斯先生，詹金斯先生去跑步，就這樣。

家門打開了，媽往樓上大喊。

「馬修！你聽說了嗎？真是太糟糕了，我先去幫忙一下，晚點再回來找你，好嗎，親愛的？」

她沒等我回答就關上門，我看見她匆匆加入他們，挽著蘇的手臂往鎮上走去。

有台廂型車開過來停在路邊，兩個男人帶著某種電子設備和塑膠水管往查爾斯先生家的側邊走去。我關上電腦、回到自己房間。

其中一個男人把一個黑色的條狀物放進池塘中央，另一個人走向露台上的插座、把插頭插上，馬達隨即嗡嗡作響。幾秒鐘之後，水從長長的藍色水管湧洩出來、流進花圃，讓原本乾裂的泥土變得泥濘。幾分鐘不到，池塘的水就被抽乾了，其中一個男人脫下鞋襪、捲起褲管，踏入池塘的爛泥。不知道他在泥巴裡翻找的時候有沒有發現那隻被泰迪丟進去的死鳥。

「住手！你們到底在做什麼？那裡面有魚啊！會死掉

的！」

查爾斯先生跑向後院，揮舞著拳頭。他換了一件衣服，現在穿著一件灰色背心和白色長褲，灰白的頭髮蓋在肩膀上。

「誰准你這樣做的？我可沒有同意你們動我的池塘！」

草地上的男人小聲的回應他。其實不用抽乾池水也知道泰迪不在裡面，所以我只能推測他們是想尋找線索。

查爾斯先生沒有理會那個人，逕自走回露台。他用戶外的水龍頭把一個黑色水桶注滿、奮力提去乾掉的池塘，而站在爛泥裡的那個人手裡捧著某個東西等他。我看到一個橘色的東西溜進水桶，查爾斯先生彎腰仔細查看。

「那裡面還有五隻，把牠們全部安然無恙的撈出來！」

查爾斯先生真的非常生氣，草地上那個人搭著他的肩想安撫他，但是查爾斯先生並不領情。

十分鐘後池塘已經被翻遍了，但是桶子裡只多了一條魚。他們把東西收一收，走回房子前面、搖搖頭。

查爾斯先生不發一語的打開送水帶上的開關，強勁的水花噴向池塘的防水布。他站在那裡一動也不動，直到池塘回復滿水的狀態。

★ ★ ★

下午 6:00，我看見兩隻警犬在巷子裡激動的跑來跑去，瘋狂甩動尾巴。牠們看起來好像在找什麼東西，但是各自往不同的方向前進。牠們停在潘妮和戈登家外面的路燈下嗅聞氣味，法蘭基則是在三號的窗邊狂叫。我看到梅樂蒂的手臂掃過窗

簾，把那隻狗抱到我看不見的地方。訓練員指揮警犬去搜尋每個院子，然後進入通往墓園的小路。

這時電腦發出了聲響，我有一封新郵件。

寄件人 傑克・畢夏
收件人 馬修・柯賓
主旨 老妮娜帶走了泰迪！！！

老妮娜把他抓走了，她是個女巫，說不定正把他烤成派！！！

我盯著這封信，傑克除了偶爾會對我大吼難聽的字眼，我跟他最近實在是沒有什麼交集。而且，這封信還是他第一次沒像平常那樣叫我怪咖或怪胎，我真不知道該跟他說什麼。

寄件人 馬修・柯賓
收件人 傑克・畢夏
主旨 老妮娜帶走了泰迪！！！

她才不是女巫！你有看到什麼嗎？

我翻了翻筆記，傑克在找梅樂蒂麻煩的時候，被老妮娜用手一指就騎車逃走了，那是我掌握到有關他的最後行蹤。

寄件人 傑克·畢夏

收件人 馬修·柯賓

主旨 老妮娜帶走了泰迪！！！

我只看到你蠢呆了的臉在窗邊到處亂看。你整天都在那裡幹麼？

我沒回覆就把這封信刪了。

傑克的故事

　　雖然我也覺得難以相信，但是傑克跟我曾經是很要好的朋友。我們的媽媽剛認識的時候，就發現原來對方就住在隔壁的隔壁，連預產期也差不多：我在十月底，傑克在十一月初。

　　她們開始一起喝咖啡，我跟傑克還會同時踢媽媽的肚子，她們都說我們是想跟對方說話。我在預產期當天出生，傑克則是在我十天之後出生，不安分的他總是讓他的媽媽十分抓狂，每次見到蘇，她都會說起這個故事。

　　「小傑好想趕快認識你呢！但是他還要再等十天，再十天就可以見到他最好的朋友了！」

　　生產完之後，我們的媽媽還是經常見面，讓我們在搖搖椅上用聽不懂的嬰兒語跟對方講話。但是幾個星期之後，蘇發現傑克的狀態有點不太對。我長得很快，超過許多同年齡的小嬰兒，但是傑克的體重卻增加得很慢，皮膚也經常泛紅、不舒

服。經過幾個月頻繁造訪醫院之後，醫生發現傑克對很多東西過敏。在那之後不久，傑克和里奧的爸爸過世了，留下蘇一個人獨自撫養孩子，她便時常保持警覺，深怕兒子會不小心碰到什麼致命的東西。

當我們開始上學，傑克必須隨身備著一個鮮黃色的醫藥包，整個求學生涯都擺脫不了這樣的命運。同學一開始都對此感到很好奇。

「那個袋子裡裝的是什麼啊？」

「那裡面有幾個針筒？」

「你吃到不對的東西就會死掉，這是真的嗎？」

但是一陣子之後，這種新奇的感覺就消退了，傑克紅腫的皮膚和過敏症狀讓他開始成為大家挪揄的對象。他會帶一包自己的食物去參加生日派對，因為他媽媽很怕有一顆堅果不小心擦過起司三明治而讓他發生過敏性休克。只要大人不在場，小孩就會開始嘲笑他。

「小傑寶，你又在吃你的嬰兒食品啦？」

我會對他笑一笑，雖然稱不上是為他挺身而出，但是至少讓他知道我並沒有跟別人同一陣線。不過那時候開始，我比較常跟湯姆一起玩，所以我跟傑克也不像以前那麼要好了。

傑克的處境在小學最後一個學期變得愈來愈糟。那次全年級的人都要去倫敦的博物館戶外教學，當我們排隊上巴士的時候，我看到傑克旁邊的位子跟平常一樣沒有人坐，當時大家總覺得如果跟他靠得太近，皮膚就會變得跟他一樣。我很肯定沒有人真的相信這件事，但是也沒有人勇敢的提出質疑。

「小馬！你可以坐這裡。」我擠在巴士走道上的時候，傑克帶著請求的眼神對我這樣說，而湯姆已經在最後一排坐好，招手要我過去。

那時候的我應該要一屁股坐在傑克旁邊的位子上，向大家證明這根本不會怎麼樣，他的病並不會傳染。

但是我沒有。

「抱歉，傑克，我跟湯姆約好要一起坐。」

我繼續往後走，臉上刻意不帶任何表情。

當巴士開上快速道路時，每個人都在興奮的交談，但是我們的老師錢伯斯太太突然起身要求司機靠邊。

「噢老天哪！司機先生，麻煩你迴轉！我忘記帶傑克的醫藥包了。」

於是我們便返回學校，等待錢伯斯太太走下巴士、回到學校辦公室、用鑰匙打開檔案櫃、再氣喘吁吁的跑回巴士，把那個惹怒大家的黃色袋子丟到頭上的置物櫃。整個過程，大家都在齊聲抱怨。

當巴士再度發動，錢伯斯太太走過來彎腰跟傑克說話。

「別慌張，你的藥跟腎上腺素注射筆都在這裡。走囉，司機先生！我們還是趕得上在那裡吃午餐！」

傑克就坐在我前面兩排，我從座位跟窗戶之間的空隙看到他消沉的把頭靠在玻璃上。

「為什麼你就是要把所有事情搞砸？」

「什麼蠢東西！你怎麼還沒戒掉那個東西啊？」

那年九月我們升上中學，我跟傑克被分到不同班，我也就

不常見到他了。我總是跟湯姆待在一起，傑克則是跟一些大幾屆的混混走得很近，變成學校的叛逆分子讓他獲得了某種讚賞的眼光。他常常駝著背坐在校長辦公室外的課桌椅上拔額頭上的皮屑，三不五時就把腳伸出來想絆倒別人。我想，他應該是為了不被別人欺負而去欺負別人。

7 月 28 日，星期一，下午 6:14，辦公室／育嬰房

◆ 已知泰迪不見時待在家的人：查爾斯先生、凱西、漢娜、蘇、老妮娜、戈登和潘妮、克勞蒂亞

◆ 已知不在家的人：爸和媽（上班）、里奧（上班）、詹金斯先生（慢跑）

◆ 行蹤不明的人：傑克、梅樂蒂

我盯著這些名字，一邊用鉛筆輕敲桌子。雖然寫下這些名字只是很簡單的事情，但是也算是個開始。泰迪沒辦法走太遠，這點我很肯定。如果他只是走丟，應該早就被找到了吧？

我往外看著這條巷子，警察正忙著蒐集資訊，試著拼湊起來，想知道泰迪到底發生了什麼事。

但是他們沒有比我了解這裡，也沒有看過我所看見的事情。

看著泰迪拔下來的粉紅色花瓣被堆在柵門的門柱旁邊，我知道接下來要做什麼了。

我要查出究竟是誰帶走泰迪。

CHAPTER 11

搜救小組

　　我站在浴室的洗手台前發抖，我已經有幾個小時沒有洗手了，我對大家的動向失去了掌控，也沒有把維持清潔擺在第一順位，我很有可能被感染。如果我生病了，誰知道這會演變成什麼樣子呢？我一次又一次的洗手，洗了又洗，直到痛得流出眼淚。我走進房間準備戴上乳膠手套，但是我得省著用。

　　「有人把他帶走了，獅子，」我跟壁紙說，「他是被人帶走的，我非常確定。」

　　獅子悲傷的看著我。

　　「我要保持警覺，緊盯所有事情，看能不能找到線索。他們需要像我這樣會觀察的人。我可是最後一個看到他的人呢！如果我沒有看見他，他們就不會知道他在前院，對吧？」

　　我翻開筆記本，開始在新的一頁書寫。

泰迪失蹤事件 ── 已知事實

◆ 查爾斯先生不太會照顧外孫，現在看起來似乎比較關心他的魚。

◆ 凱西把泰迪推進池塘，直到查爾斯先生出現才表現出想幫忙的樣子。

◆ 老妮娜呢？她跟這件事有關嗎？

◆ 傑克？他會傷害泰迪嗎？為了得到關注而把他藏起來？

◆ 梅樂蒂？不像是嫌疑犯，但是她真的超常去墓園，會不會知道那裡有地方可以把泰迪藏起來？

搜救隊的第一次行動在晚上 7:18 結束。他們在馬路中間待了一下，不太知道接下來該怎麼辦。警察依然在查爾斯先生家進進出出，戈登準備走回家，一邊用寬緣帽朝紅通通的臉上搧風。傑克打開了五號的家門，大口喝著可樂，蘇走上前去、給了他一個奇怪的熊抱。克勞蒂亞走回三號的家，也跟打開門的梅樂蒂相擁，法蘭基在她們腳邊狂吠。媽也轉身回家並抬頭望向窗戶，我勉強舉起手對她揮舞，她無力的笑了笑。

她進門的時候，我站在樓梯上問她：「進行得怎麼樣？有發現什麼嗎？」

媽搖搖頭，用手捏一捏後頸，看起來很累。

「真不敢相信竟然會發生這種事，真是可憐的一家人。你爸還沒回來嗎？」

我搖搖頭。爸下班回家的時候，發現到處都是警察，就把

領帶和公事包丟在玄關跑去加入另一個搜救小組，跟傑克的哥哥里奧和詹金斯先生一起。詹金斯先生應該是在我沒注意的時候慢跑回來了。爸沒有像媽那樣跟我說他要出門，我真的覺得，他根本忘記我在家了。

媽把頭靠在門上、閉著眼睛。

「馬修，你知道我現在最需要什麼嗎？我需要親愛的兒子給我一個又大又溫暖的擁抱。」

她閉著眼睛深呼吸，我站在樓梯上看著她。她大概會想像我走下樓梯、握住她的手，把頭枕在她的肩窩，而她也會用溫柔又有力的雙臂抱著我，我們會依偎在一起，有著相同的呼吸頻率。

她張開眼睛用溼潤的雙眼看著我，而我卻像一根木頭一樣坐在樓梯上。

「我去燒壺水。」她說完便走向廚房。

* * *

五歲的時候，我每天都會跟媽、蘇和傑克一起走路上學。傑克常常會拿著隨便撿來的小型武器，攻擊他覺得會有敵人埋伏的樹叢或籬笆，但是我總是牽著媽的手走在她旁邊。

「小馬！小馬！我們來戰鬥！」他會這樣對我叫，用尖銳的樹枝戳過來，而我會把臉別開，依偎在媽的腿邊。我不是不想玩，只是想在進教室之前盡可能的待在媽身邊。

「他今天大概不太想玩喔，傑克。」媽溫和的說。傑克便不太高興的跑開，用樹枝劈向樹叢。

我們繼續往前走，我把另一隻手蓋在媽的手上，摸摸她手上柔軟的指節。

「傑克，你幹麼不像馬修牽他媽媽那樣牽我的手呢？」蘇一邊說，一邊抓住他的手臂想阻止他攻擊樹叢。

傑克露出不悅的表情，把手臂抽走後開始端詳自己的手心。他似乎對自己發炎紅腫的皮膚產生了興趣，便不再攻擊樹叢，轉而開始撕手上的小皮屑。

「別這樣，會有傷口的！你想讓它愈來愈嚴重嗎？」

蘇停下來檢查兒子的手，我跟媽繼續往前走。

「你知道嗎？有一天你會長得又高又大，」媽說，「然後就不會想要牽媽媽的手了。」

我皺起眉頭，她則是開心的笑。

「真的！當媽媽的都知道。」

我們把手往前甩又往後甩，像上了發條的士兵那樣踢步走，我忍不住傻笑。

「我要一直牽妳的手，媽咪，」腳步慢下來後我說，「我保證，就算十二歲也一樣！」

媽笑得好開懷，我看到了她白皙的牙齒。

「到時候就知道了，馬修，」她邊笑邊說，「到時候就知道。」

然後把我的手握得更緊。

★　★　★

晚上 7:30 分，十一號的門前有個女人拿著麥克風說話，

她身穿體面的藍色洋裝和淺灰色夾克，還有一個人肩上扛著攝影機在拍她。我聽不見她的聲音，但是她頻頻轉身指著查爾斯先生的房子，還拿起一張很大的紙，應該是泰迪的照片。這段拍攝在十分鐘之內就結束了，她一拍完就把夾克脫下，並對著自己搧風。一位身穿制服的警察朝她走了過去，我以為他要請他們離開，但是他好像很高興見到他們，還在查看手錶之前跟他們握了手。他們離開之後，坎朋警官出現了，手裡拿著黃色的封鎖線。他跟戈登和潘妮家門外的幾個路人交談了一下之後，路人便往巷子口走去。

晚上 7:43，依然沒有泰迪的蹤影。警察正在封鎖栗樹巷的入口。

住在一號的潘妮走在巷子裡，手裡拿著托盤，上面有幾杯柳橙汁。

「冰柳橙汁喔，」她對每個人說，「要來杯冰的嗎，警察先生？」

有些人無暇享用，只能用點頭和微笑婉拒，有些人則是拿了之後一飲而盡。潘妮回到家後大概會繼續翻找廚房的櫥櫃，看能不能趕快弄出什麼點心。

另一個搜救小組在 8:17 分回到這裡，爸的袖子捲了起來，西裝外套搭在肩膀上，傑克的哥哥里奧正在講手機，而詹金斯先生則是在吃像是能量棒的東西，並在過馬路時抬頭看我，我也看著他。我總覺得，在這個時候吃東西好像不太對。

他拍拍 T 恤上的碎屑，視線一直停留在我身上。

漢娜走出門外找他，然後捧著詹金斯先生的臉親吻他。他用粗壯的手臂摟著她的肩膀，兩個人一起慢慢走回屋裡。看見漢娜左右搖擺的大肚子讓我感到很不舒服，於是我走到浴室、往臉上潑些冷水，直到這種感覺消退。

爸回到家，跟媽說他們什麼都沒有找到，巷子口也被封鎖了，沒有經過允許任何人都不能進入。我聽到他們往廚房移動，開始吃晚餐。三號的門打開了，梅樂蒂跳下台階並穿越馬路。我低聲哀嚎，因為她的目標正是我家。

「哈囉，梅樂蒂小可愛，」媽開門的時候小小聲的說，「上樓吧，我想他現在需要有人陪他。」

我不要，我現在並不需要任何人的陪伴。

「嗨，小馬！」梅樂蒂說話的神態就跟平常一樣，好像小孩走失這種事情從來沒有發生過。她走進辦公室後到處張望，然後看著那個大象吊飾。

「哇，你媽媽是不是要生小孩了啊？」

她用手指撥動吊飾，大象開始一圈又一圈的轉。

「沒有。喂，可以請妳不要那樣嗎？」

大象愈轉愈快，直到其中兩隻纏在一起她才罷手。

「那這些東西是做什麼用的？」她問，一邊翻動吊飾下面的袋子。其中一個盒子上有張照片，是一個胖嘟嘟的金髮男嬰，他包著白色尿布開心的笑著，還沒有長牙齒。

「那是要給我弟弟的，他死了。可以請妳不要碰任何東西嗎？」

梅樂蒂站了起來。

「死了？這是什麼意思？」

「就是他死了，好嗎？妳想幹麼，梅樂蒂？」

我站在那，手環抱在胸前。如果她知道是因為我，我弟才會死，不曉得會有什麼反應。我乾脆這樣告訴她：「都是我害的，現在妳可以走開不要來煩我了嗎？」

她坐上書桌邊緣。

「噢，抱歉，我不曉得這件事，」她的表情有點悲傷，「你一定很難過。」

我點點頭，腦海中列了等她離開後要好好清潔的清單：

門的邊緣、門框 —— 整個門？

大象吊飾 —— 這個要怎麼清？

書桌 —— 把所有東西移開，噴灑抗菌清潔液。

「你剛才有看到記者嗎？我媽覺得泰迪應該是迷路了，你覺得呢？還是有人把他帶走了？」

我聳聳肩，「我倒是認為，如果他走丟了，現在應該被找到了。」我說。

她拿起了我放在桌上的筆記本。

「哇，這好酷喔！」她邊看邊說。「你記下了很多事情耶！你應該把這個拿給警察看！『下午 5:23，查爾斯先生又在除草，這是本週的第五次。』」

她咯咯笑，同時又翻了幾頁。我走了過去。

「可以還給我嗎？那是我的私人物品。」

「『早上 10:03，老妮娜在澆花。』」

接著她翻到最後一頁，默默看著我寫下的東西。她抬頭看了我一眼，表情非常驚訝，然後又低下頭大聲唸出來：「『梅樂蒂‧柏德？不像是嫌疑犯，但是她真的超常去墓園，會不會知道那裡有地方可以把泰迪藏起來？』」

我在她面前不安的動來動去，想把筆記本搶過來，但是實在找不到勇氣這麼做。

「馬修，你覺得我把泰迪帶走了？」她的眼眶充滿淚水。

「我……不，當然不是。」

我拿回她手裡的筆記本，忘了自己沒有戴手套。

她驚訝的張著嘴。

「這不重要啦，梅樂蒂！我只是無聊，就寫點東西。妳不用管它。」

「可是……我不懂，為什麼你會懷疑我把他帶走？」

「我不知道！我只是覺得妳常常去墓園，很奇怪，就這樣，只是覺得妳可能在那邊有什麼祕密吧。這真的不重要，我隨便寫寫而已。」

我把筆記本丟到書桌上，梅樂蒂手扠著腰朝我走過來。

「我沒有帶走泰迪‧道森，真不敢相信你竟然這樣寫，我還以為我們是朋友。」

我退到窗邊，緊緊的靠在上面。

「我現在知道了。」我說。

梅樂蒂倒抽了一口氣，轉身跑下樓梯。

第一次上電視

晚上 9:03，我第一次出現在電視上，媽往樓上大喊。

「小馬！快點下來！」

我從床上跳下來，跑下樓的時候，有那麼幾秒突然以為自己是要下樓吃晚餐，就像以前那樣。爸站在玻璃屋的門邊吃著洋芋片，媽坐在奶油色的沙發邊緣，盯著大大的液晶電視。

「他只是跑出去然後迷路了，」爸說，「他們會找到他的，天黑前他就會回到家，我非常確定。」

我看向院子，天色已經黑了。

爸搖了搖洋芋片，把碎片倒進嘴裡。我超討厭他這樣做。

「他會去哪裡呢，布萊恩？我們到處都找了，潘妮說他們還去舊游泳池附近的工地找。」

小鎮外圍有個大型工地正在蓋房子，我想像泰迪搖搖擺擺的走過去，抬頭盯著像恐龍的巨大起重機。有沒有可能他看得

太入迷，沒有注意到工人挖的坑洞而掉進去了呢？這不太可能，因為那邊都有很高的護欄，而且，那裡也有很多人進出，一個穿著尿布的落單小孩肯定會被人注意到吧？

媽從沙發上跳起來、指著電視。

「快看！」

螢幕上有個女人站在我們這條巷子裡並拿著麥克風講話，是那位在警察封鎖這裡之前就站在外頭、穿灰色夾克的記者。

「……這名十五個月大的男孩最後被看見時，穿著穿脫式的尿布以及正面印有甜筒冰淇淋的白色 T 恤，警方指出，他可能拿著一條藍色的方形安全毛毯，而且沒有穿鞋子……」

她拿著一張護貝照片讓攝影機放大拍攝，泰迪的臉占據了整個螢幕。照片上的泰迪穿著白襯衫和高檔的西裝背心，脖子上繫了一條他肯定戴不住、皺巴巴的金色領帶。淡藍色的眼睛閃著一絲絲淚光，可能是因為被迫穿上這套迷你魔術師服。

我很久沒有這樣近距離看電視了，開始覺得眼眶溼溼的。爸把洋芋片的袋子揉成一團，碎屑掉到了地毯上。我得回房間了。當我準備離開時，媽又從位子上跳了起來。

「馬修，你上電視了！」

攝影機鏡頭拉遠，記者伸手指向查爾斯先生家的草坪。

「……最後被看見的時候，是在他外公家的前院玩耍，就在這條栗樹巷中……」

我家就在鏡頭的左上角，樓上的窗戶有個人影，就是我。我站在那裡看起來像個白癡，還以為不會有人看到我。

「你整天在那裡看些什麼啊，兒子？觀察鳥嗎？鳥類學作

業？」

媽看了爸一眼。

「我只是問一下，席拉。」

我沒有理他。

「……警察呼籲，請知道消息的民眾撥打……」

螢幕顯示出一串電話號碼，媽轉過來對我微笑，拍了拍她身旁的位子。

「馬修，今天晚上要不要跟我們一起待在客廳啊？看點電視，什麼都別想了，我想我們今晚都不太好睡。」

「改天吧，謝了。」我說。

媽站了起來，我覺得她試著要跟我接觸，所以我很快的躲開，跑到樓上洗手。按壓十一次抗菌洗手乳、燙手的水，加上九次的沖洗之後，我覺得舒服一點了。

警察還在外頭忙進忙出，查爾斯先生的前院看起來很像包裝奇怪的禮物，圍牆和柵門都被黏上鬆垮的黃黑相間布條。有個我沒有見過的警察站在門口看守，詹金斯先生跟漢娜則在他們家的院子裡，詹金斯先生的手掛在漢娜的肩膀上。我懷疑她是否知道自己的先生是個可怕的老師，我想他應該不會在家裡聊這種事：「哈囉，親愛的，今天體育課的時候我把一個小孩罵哭了！就是住在隔壁的那個怪孩子，他丟了一次標槍之後就說他要去洗手，太誇張了吧！我說他正往魯蛇之路邁進，如果他繼續這樣，一輩子都會是魯蛇……」

一想到體育課，我的眼眶就充滿淚水，但是我眨眨眼讓眼淚風乾，拒絕再為這件事情掉眼淚。漢娜轉身，我看見了她的

大肚子，所以趕緊把視線移開。

電腦發出咻咻聲，有人寄信給我。

寄件人 梅樂蒂·柏德
收件人 馬修·柯賓
主旨 快打開

如果你要調查泰迪的事情，就需要我的幫助。

我把這封信反覆讀了幾遍。

寄件人 馬修·柯賓
收件人 梅樂蒂·柏德
主旨 快打開

什麼？

我跑進房間，打開新的礦泉水。隔壁院子四周架了四個工業用照明燈，在天黑時就可以開啟，露台上有四個警察在討論事情。我走回辦公室，讀梅樂蒂的信時我喝掉了半瓶水。

> **寄件人** 梅樂蒂‧柏德
> **收件人** 馬修‧柯賓
> **主旨** 快打開
>
> 目前為止你的調查真的是有待加強，竟然隨意指控我帶走泰迪！還有，我無意冒犯，但是你根本就不出門，在家裡也做不了什麼吧？你需要一個在外活動的夥伴，這才是真正的調查。

我馬上回信。

> **寄件人** 馬修‧柯賓
> **收件人** 梅樂蒂‧柏德
> **主旨** 快打開
>
> 所以那個夥伴是妳？

按下寄送鍵的時候，我發現自己嘴角上揚。

寄件人	梅樂蒂・柏德
收件人	馬修・柯賓
主旨	快打開

沒錯。
承認吧，馬修，沒有我，你是辦不到的。我知道你只是想把想法都寫下來，所以我願意原諒你寫的東西，即使那根本蠢爆了（她放了一個表情厭惡的貼圖）。

我馬上開始打字。

寄件人	馬修・柯賓
收件人	梅樂蒂・柏德
主旨	快打開

梅樂蒂，妳絕對是最佳人選。

幾秒鐘之後，她的回應出現在螢幕上。

寄件人 梅樂蒂·柏德
收件人 馬修·柯賓
主旨 快打開

我知道。
我們什麼時候開始？

我坐了兩分鐘，整理好思緒。

寄件人 馬修·柯賓
收件人 梅樂蒂·柏德
主旨 快打開

嫌疑犯一號和二號分別是查爾斯先生和凱西。看妳明天能不能找個藉口進去他家，也許拿個蛋糕什麼的過去，然後打探一番，看他心情如何。身為外孫走丟的人，他的心情是否好得不尋常？還有凱西，她看起來像弟弟不見的樣子嗎？

寄件人 梅樂蒂·柏德
收件人 馬修·柯賓
主旨 快打開

呼叫！隊長！馬上出動！
OVER……

她怎麼這麼蠢。

寄件人 馬修・柯賓
收件人 梅樂蒂・柏德
主旨 先等等！

現在應該不太適合，有點晚了，警察也還在忙……明天早上再去吧？

我按下送出，但是她沒有回應。十五分鐘後，她從家裡走出來，雙手端著托盤。她過馬路的時候，我看到那應該是某種長形的海綿蛋糕，她在上面隨便放了一堆巧克力手指餅乾，看起來像是有很多詭異觸角的毛毛蟲。我捏了一把冷汗，真希望剛剛什麼都沒有跟她說。

「噢，梅樂蒂……」我喃喃自語。

站在門前的警察已經不在了，梅樂蒂奮力用一隻手打開柵門，她吐出舌頭，小心翼翼的端好蛋糕。走到門前時，她抬頭看我並對我比了個大拇指。

我哀號一聲、頹坐到書桌前，實在看不下去了。過了十分鐘，她飛奔過馬路，手裡的盤子只剩下巧克力碎屑。我在電腦前等待。

寄件人 梅樂蒂‧柏德
收件人 馬修‧柯賓
主旨 凱西

蛋糕整個大成功耶（你太厲害了）！查爾斯先生問我要不要去跟凱西打招呼，天哪，她真的好詭異喔！她坐在角落玩一個很恐怖的娃娃，連頭都沒有抬起來！你說得對，她看起來根本不在意泰迪！

寄件人 馬修‧柯賓
收件人 梅樂蒂‧柏德
主旨 凱西

查爾斯先生呢？他看起來很苦惱嗎？

寄件人 梅樂蒂‧柏德
收件人 馬修‧柯賓
主旨 凱西

有點，他眼睛紅紅的，可能剛哭過。還有件奇怪的事，就是他竟然吃了一塊超大的蛋糕！真不敢相信！我還以為壓力會讓人不想吃東西。
總之，再告訴我下一個任務吧。
梅特務，OVER！

我回到房間、躺在床上並把手枕在頭下，盯著天花板看。

「他去哪裡了呢？是誰帶走他的？」

警察打開了查爾斯先生院子裡的燈，光線也打在我的牆上，一束黃色燈光正好打在高處的壁紙獅上。牠用比較凸的那面臉頰對我露齒而笑，活像個俗氣的益智節目主持人。

「來來來 —— 我要來考考你了，馬修・柯賓，究竟是誰該為泰迪・道森的失蹤負責呢？是：

(A) 凱西・道森，這個小女孩看起來天真無邪，但是卻有把小孩推進池塘的詭異習慣，會不會是她對泰迪下手的呢？

(B) 查爾斯先生，也許這位老先生沒有那麼愛外孫，小孩走失到底是不是他的責任呢？

(C) 傑克・畢夏，這位充滿怨念的年輕人，經常透過欺負別人來獲得快感，他會不會是為了吸引他人注意而做得太超過了呢？

(D) 馬修・柯賓，這個奇怪又寂寞的男孩，似乎認為讓一個十五個月大的孩子在酷熱的院子裡獨自玩耍沒有什麼問題，可別忘了他曾經對年幼的弟弟卡倫做過什麼事情……

來來來 —— 到底是誰呢？請作答！」

借宿一晚

家裡的門鈴響起，我驚醒過來，倒抽了一口氣。深夜的門鈴聲總是伴隨著可怕的消息。

鬧鐘上紅色的螢光顯示 11:10+3，不妙。我閉上眼睛、屏住呼吸從一到七數了三次，一邊聽著警笛聲由遠而近，然後又消失。我再次睜開眼睛，時間已經是 11:14 了，我鬆了一口氣。

我聽見查爾斯先生在門階上跟爸說話。

「……去醫院檢查一下……可能只是吃到了什麼東西……」

「……最好去做個檢查……」

「……媽媽在飛機上，可以讓她在你這裡睡一晚嗎？」

「……當然，沒問題……」

門關上了，爸說話的音調變得很高，這是他跟小孩說話的

語氣。

「我們會在空房間幫妳弄一張舒服的床，就跟馬修同一層樓。妳應該認識馬修吧？」

我走到樓梯間，媽正在上樓，並瞪大眼睛看我。

「查爾斯先生的胸口有點痛，警察要送他去醫院檢查，所以凱西就來我們家住一晚，不錯吧？」

「不，才不好。」

她沒回應，接著走進育嬰房把那些嬰兒用品拖到走道上。大象吊飾被放在那堆東西上面，但還是纏在一起。她放了五年都無法下定決心丟掉的東西，現在就這樣被移走了。

「布萊恩！幫凱西倒杯牛奶，好嗎？」

我從樓梯扶手偷看，她就站在門墊上，穿著一件老氣的長睡衣、抱著那個髒兮兮的娃娃。她跟著爸走向廚房的時候，斜眼瞄了我一眼。

「胸口痛？」我說，「大概是消化不良吧！有必要去醫院嗎？」

媽對我皺起眉頭，「你什麼時候變成醫學專家啦？」她挑著眉毛說。

我聳聳肩，吃了一大塊梅樂蒂送去的蛋糕任誰都會胸口痛吧。

「她不能睡在樓下的沙發上嗎？」

媽嘆了一口氣，把最後一個盒子放下，揚起了一陣灰塵。

「你在說什麼呢，馬修？有時候我實在很難理解你的想法，我怎麼能叫一個小孩自己睡在樓下呢？而且她弟弟才剛不

見。」

她抹了一下額頭。

「泡棉床墊跑哪裡去了？應該可以用……」

她晃回她的房間，我則是在走道上走來走去。我聽到爸在樓下不停用寶寶語跟凱西說話，他們在講那隻壞貓。

「奈吉笨笨的，對不對呀，凱西？妳聽過喜歡睡在撞球檯上的貓嗎？要吃點餅乾嗎？喔，不，妳應該刷過牙了，還是不要好了。席拉！妳弄好了嗎？」

媽拖著那張陳舊的泡棉床墊走出來，我跳來跳去想要擋住她的路，同時避免碰到任何東西。她在身後留下一道黃色的泡棉碎屑。

「凱西根本就不認識我們！」我小聲說。「查爾斯先生怎麼會把她交給她不熟悉的人呢？社工人員應該要幫忙吧？」

媽把床墊挪進房間，放在靠近電腦桌的角落。

「她媽媽在飛機上，幾個小時後就到了，而且是查爾斯先生希望她待在這裡的，我們不應該在這個節骨眼上拒絕他吧？幫我拿幾條床單和枕頭過來好嗎？」

我猶豫了一下，然後隔著上衣打開放床單的櫃子。裡面的床單、被套、毛巾和枕頭套堆得像天花板那麼高。

爸帶凱西上樓了。

「來吧！她準備好要睡覺了，就交給妳嘍，席拉。看來妳都弄好了……」他走下樓，一邊哼著歌。

凱西把頭壓得低低的，娃娃緊緊依偎在她的下巴底下。

「快好了，凱西，親愛的。把床單給我吧，馬修，別光站

在那裡啊！」

我沒有移動。

「我不知道妳要用哪一個。」我說。

媽嘆了一口氣，拿走她要的床單。「妳需要喝杯水嗎，凱西？」媽一邊說，一邊手腳並用的鋪床。

「好。」凱西說。

「哇，她好漂亮啊。」媽指著那個一點也不漂亮的娃娃，它可是經過了池塘跟游泳池的洗禮。「她有名字嗎？」

凱西聳聳肩，帶著微笑直視我。

「小金。」她小聲說。

「小金，那一定是因為她有，呃，漂亮的頭髮。我去幫妳倒水，妳就跟馬修在這裡等吧。」

媽一離開，凱西就看著我、嘴巴張成了 O 形，接著又抿起了嘴脣。

「那是你的魚缸嗎？金魚男孩？」她問，視線越過我的肩膀、進入我的房間。

啵，啵，啵。她動了動嘴脣發出聲音。

「在那裡面游來游去不會很無聊嗎？上去下來，上去下來。」

我感到眼睛一陣刺痛：「這跟妳有關係嗎？」

啵，啵，啵。

她跟著我走到我房間門口。

「你是不是有個藏寶箱，打開和關上的時候都會冒出泡泡？小魚兒？」

她想要偷看我的房間，但是我擋住了她的視線。她把頭歪向一邊，緊緊盯著我。

「你離開魚缸的時候要怎麼呼吸，金魚男孩？你怎麼沒有死掉？」

我搶走她手上的娃娃，她嚇得倒抽了一口氣。

「我的呼吸比你弟弟被推進池塘的時候還要順暢多了，妳這個邪惡的小巫婆。」

「把它還給我！」

她試著搶回娃娃，但是我拿得很高讓她搆不到。細菌沿著我的手臂向下進攻。

「妳對他做了什麼？泰迪在哪裡？妳對弟弟做了什麼？」

小女孩面紅耳赤，在地毯上用力跺腳。

「把它還給我！快點給我！」

我聽到媽走上樓梯的聲音。

「還好嗎？」

我抓住娃娃的頭、用力扭轉，直到它發出可怕的斷裂聲、頭歪向一邊。我把它塞回凱西懷裡，接著用力甩上房門。

* * *

我在半夜醒來、流著汗，時間是凌晨 2:18。我的手裡還留著娃娃頭髮打結的觸感，又硬又脆像乾掉的海草。

屋子裡一片寂靜，我輕輕打開房門，躡手躡腳的走出來偷看凱西。她雙手高高的放在頭上，張著嘴巴發出微小的鼾聲，臉頰上還有乾掉的口水痕跡。那個壞掉的娃娃懸在床邊，斷了

一半的頭靠在地毯上。她突然張開眼睛，我嚇了一跳。

「金魚男孩？」她小小聲的說。

我沒回答，然後轉身走向浴室，但是她繼續講話。

「老奶奶把他帶走了，金魚男孩。」

我又回到她的房間。

「什麼意思？什麼老奶奶？」

她面無表情，又閉起眼睛，看起來是睡著了。

「凱西，」我悄悄的說，「妳知道是誰帶走泰迪？」

她迷迷糊糊的皺了眉頭，然後把娃娃抱緊、翻身背對著我。

窗簾沒有拉上，我往下看著老妮娜家，似乎比平常還暗，又有點不一樣。就在我要轉身的時候，我意識到了 —— 是桌燈。那盞在前側窗邊、無論白天晚上都亮著的桌燈不再發出橘色的光了。

它被關掉了。

CHAPTER 14

羅德醫生

「也許我們應該取消，布萊恩。現在出門好像不太好，應該要幫忙找人才對。」

我們三個人在車子裡，準備倒車出去，但是有台白色廂型車擋住了我們的車道。

「很多人都在幫忙呢，那個警察說等我們回來再過去就好了。」爸向站在查爾斯先生家柵門邊的坎朋警官點點頭，他剛剛去請他幫忙移動廂型車，好讓我們出門。

「……很抱歉打擾你，但是我們跟專科醫師有約，得帶兒子出門……」

我覺得難受，膝蓋不停顫抖，我只想回家。

「我不介意改天再去，也許這樣比較好。」我說。媽看著爸，但是沒有人表達意見，媽換了個話題。

「可憐的凱西，一早就被拖下床呢，她怎麼不等她起床

呢？」

梅莉莎・道森是凱西跟泰迪的媽媽，她直接從機場過來把女兒接走，那時候才早上 5:00，我還在睡夢中。

「沒看過有人這麼用力抱小孩的，我還以為她要勒死她女兒呢，」媽說，「但是至少查爾斯先生沒事。」

早上 6:30，查爾斯先生做完檢查從醫院回來，我說的果然沒錯，他是消化不良。

爸發動引擎，彷彿廂型車會因此提早開走。

我從窗戶看到梅樂蒂，一樣是黑色針織衫、雙手環抱在胸前，她往傑克和老妮娜家中間的小路走去。她抬頭看我，我們向彼此點點頭，今天我一早起來就寫信給她。

寄件人 馬修・柯賓
收件人 梅樂蒂・柏德
主旨 下一個任務 —— 牧師宅

妳能不能觀察一下老妮娜？到處看看吧！

我轉身望向那間維多利亞式的老房子，那盞燈還是關著。

「真好奇凱西和泰迪的爸爸是誰，你不是以為他會一起過來嗎？」媽說。她拉下遮陽板，照了一下鏡子。「潘妮今天早上也上電視了，大概只有四秒鐘，沒有你久喔，馬修。」

我尷尬的蜷曲身體。

「記者問她這裡的鄰居有什麼反應，她說：『我們都在幫泰迪祈福。』真不錯，對吧？她穿的是去年在姪女婚禮上穿的奶油色上衣，而且還塗了口紅，亮粉色的，我覺得好像有點不適合她。上一點點脣蜜比較好。」

接著我們沉默了一陣子。

爸撥了一下冷氣出風口，一股涼風吹向我的額頭。就在我打算開口問可不可以回去洗手的時候，兩個穿著白色連身褲的人從查爾斯先生家旁走了出來。

「鑑識科學家。」我低聲說，以前在電視上看過。

我看著其中一個人脫下一雙乳膠手套，當他往廂型車走過去時把連身帽往後撥。如果我可以隨時穿著那樣的衣服，我就會好多了，可以被緊緊保護在裡面，簡直太理想了。廂型車讓出了去路，在緩緩倒車的同時，我的肚子開始翻攪。

* * *

我又開始做筆記，不過是寫在我的腦海裡，而不是口袋裡的筆記本上。

7 月 29 日，星期二，上午 10：00，羅德醫生的診間

◆ 診間內人數：4

◆ 診間內開心的人數：1（因為她有薪水可領）

◆ 心理健康宣傳單：16

◆ 印有扶著額頭的煩惱青少年宣傳單：3

羅德醫生跟我想像的不一樣，她身形嬌小，髮色就像郵筒那麼紅。她把頭髮盤在頭頂上（大概是為了讓自己看起來比較高），鼻子上穿了一個洞，上面有顆小鑽石，當她動的時候就會閃閃發亮。她坐在一張高背椅上，腿上放著一塊方便書寫用的板夾，兩隻腳幾乎碰不到地板。

　　爸媽跟我坐在一張容易陷進去的咖啡色皮沙發上，顏色就跟媽用仿曬劑噴染過的腿一樣深。爸不停的咳嗽，彷彿是為了講笑話而先清一下喉嚨，幸好他一個笑話都沒有說。媽開始不斷說泰迪走失的事情，以及在這種時候出門，我們內心有多歉疚。她高雅的語調運轉得非常流暢。

　　「我們本來要取消的，對吧，布萊恩？真不知道該怎麼辦，繼續過正常的日子感覺怪怪的。我並不是說來看診是很正常的事情，但……我想妳懂我的意思……」

　　爸摸摸額頭，小聲咕噥了一下，但是我覺得媽應該沒有聽到。

　　羅德醫生也對泰迪走失的事件表達了關切，並試著安慰媽說來看診並不代表不關心這件事。有眼前這位專業人士幫她背書，媽終於鬆了一口氣。

　　我的腿上有一個具高度傳染風險的黑色板夾，上面夾著的紙上印著一串「確認清單」，羅德醫生說稍後會跟我一起填寫。但是上面那枝筆不斷滑下來，所以我伸出戴著手套的一根手指頭壓著它（我只剩下兩隻手套，但是我必須保護好兩隻手才有辦法出門，所以剩餘數量：0）。

　　我的祕密曝光了。

「請問一下是誰提供兒子手套呢？」羅德醫生微笑著說。

爸咳了一聲，望著媽。我趕緊看著那張表格，假裝正認真研究紙上的內容。其中有一題問到我的強迫性思考是否帶有「奇幻思維」，我在想那是不是跟撲克牌魔術有關。

「醫生，我並不知道我太太提供了兒子手套，如果我早點知道，一定不會同意。」

當他特別強調某個字的時候，他的頭就會往前伸，就像鳥在啄飼料盆。

「布萊恩，你這樣說好像我做了什麼違法的事情！我只是要保護他受傷的手啊。」

羅德醫生張嘴準備插話，但是爸媽自顧自的吵了起來。

「保護他？這怎麼是保護他？只會讓事情更糟吧。」

「但是你沒有看到他的手，都是水泡，因為他用漂白水洗手！」

媽尖聲喊出「漂白水」這三個字，我真的覺得她聽起來有點失控。

「但是給他手套只會讓他的狀況更嚴重，不是嗎？這不是很簡單的道理嗎……」

「都起水泡了，布萊恩。」媽說，噴了仿曬劑的臉漸漸變紅。「起水泡！」

她聽起來好像在用這三個字罵人。我讓自己陷進沙發，無奈的躲避到處噴濺的口水。羅德醫生伸出手要他們冷靜，結果竟然奏效了。說不定她真的知道怎麼使用「奇幻思維」。

「柯賓先生和柯賓太太，我非常了解你們的立場。柯賓太

太，我很能理解當妳看到兒子在無意間傷害自己的時候，想要保護他的心情；而柯賓先生，沒錯，我們的確發現，如果周圍的人沒有助長病人的強迫慾，他們會恢復得比較快。」

爸媽同時將雙手環抱在胸前、嘆了一口氣後靠回沙發椅，顯然都認為自己贏了。

「那麼，現在⋯⋯」醫生暫停了一下，戴上亮綠框的眼鏡，看著她的筆記。「我聽說你最近很不想上學，可以告訴我是為什麼嗎，馬修？」

我的嘴張開了一半，不確定該怎麼回答，然後爸打破了沉默。

「他害怕，怕一些蟲什麼的。」

「不是蟲，布萊恩，是細菌⋯⋯細菌！他覺得自己會生病，對吧，親愛的？」

羅德醫生插話說這種情況其實比我們所知道的還要常見。她說，一間學校如果有三千個學生，其中大概就有二十個人有強迫症。她認為這就是我的狀況 —— 強迫症，但是還需要用那張清單來確認。

「難怪！因為他從小就生長在每十分鐘就吸一次地板的環境啊，妳總是把家事做過頭。」爸又開始了。

羅德醫生摘下眼鏡看了一眼牆上的時鐘。我也看了一眼，但馬上就後悔了，時間快要來到 10:10+3 了，大事不妙。

「我只是愛乾淨，布萊恩，這又沒有什麼不對，如果你沒有把東西到處亂丟⋯⋯」

爸轉過身，他的皮膚碰到了我的衣服、壓在我的手臂上。

「喔，又是我的問題了？每次都是我！」

「爸……你碰到我的手臂了。」

羅德醫生往前靠了一點，在椅子上不安的扭動。我看著時鐘上的秒針走過了三這個數字。

「柯賓先生、柯賓太太，不是這樣的。強迫症並不是細菌或乾淨程度的問題，我們可不可以……」

「你本來就不愛乾淨啊，布萊恩，看看儲藏室的樣子，你只會把門打開，然後把東西直接扔進去……」

「妳怎麼又開始扯儲藏室……」

「……然後一直抱怨找不到東西。」

「我沒有，我才沒有抱怨這種事……」

爸又擦到我的手臂了，我盡可能移開，但又不能碰到媽。

「爸……」

羅德醫生捏了一下鼻梁。

「如果把東西都好好歸位，就不用費那麼大的力氣了。」

「爸！過去一點好嗎……你碰到我的手了！」

他把注意力轉向我，臉紅得跟羅德醫生的頭髮一樣。我盡量離他遠遠的。

「喔，我碰到你的手了是嗎？我不能碰自己的兒子嗎？」

他扭來扭去，我則是盡量往後靠。

「那擁抱呢？生日的時候可以親你嗎？還有收到成績單跟考到駕照的時候呢？握手可不可以啊？」

他的手朝我伸過來，手指併攏、大拇指朝上。這雙我小時候緊緊握著、曾經帶給我力量和安全感的手，現在卻讓我充滿

恐懼。為了遮住手套，我把手縮在板夾底下，爸的手落回了他的大腿上。他表情崩潰，轉過身去靜靜的哭泣。我覺得自己應該要說些什麼，可是喉嚨卻一陣緊縮，而且我看了時鐘，現在正是那個倒楣的時刻。我盡量保持不動，在腦中不斷的從一數到七。幸好這時候羅德醫生說話了。

「柯賓先生、柯賓太太，也許你們可以一起去外面走走，我也可以跟馬修單獨聊聊，然後我們再一起決定接下來該怎麼做。好嗎，馬修？」

她微笑著直視我，彷彿一切都沒有問題，爸也沒有在哭。我突然忘記自己數到幾了，所以又重新開始。

「隔壁有一間咖啡店，去呼吸一下新鮮空氣，半小時後再回來吧，如何？」

爸媽看起來有種解脫的感覺，他們將身體從沙發上拉起，帶著沉重的腳步和頹喪的肩膀走出去，並把門帶上。

「現在我們可以好好聊一聊了。」羅德醫生說，露出親切的笑容。

她在板夾上塗寫了一下，然後抬頭看我。我持續留意時間，還有二十秒。

「那我們重新開始吧。你還好嗎，馬修？今天來這裡感覺怎麼樣？」

一陣沉默。

1、2、3、4、5、6、7……

我的視線再度奔向時鐘，她也跟著我往那邊看。

「有什麼問題嗎？」

又一陣沉默。

1、2、3、4、5、6、7……

她歪著頭等待。秒針走過了十二，我深吸了一口氣。

「沒問題。」我說。

她皺了皺眉，我覺得她可以直接看見我腦袋裡漂浮的數字。把那個倒楣的數字加上七變成二十之後，就可以中和掉它的力量。

她知道這一點，我在做什麼她都一清二楚。

「你來這裡，有想要了解什麼嗎，馬修？」

我聳聳肩。

「我不知道，真的。」

我突然覺得戴著手套、坐在這裡是一件很蠢的事。她拿著鉛筆等了一下，頭歪向一邊。我張開嘴巴，但是一個字都吐不出來。那股想要逃離這裡、回家洗手的衝動愈來愈難以忍受，剛剛被爸碰到的地方正發出警報，細菌爬進袖子裡了。

「你記得想要洗手的衝動是從什麼時候開始的嗎？」

我揉了揉眉毛上的疤，那個提醒我要為弟弟的死負責的印記。

「幾年前吧，我想。」

羅德醫生微笑。

「你爸媽說你最近的狀況變嚴重了，你知道原因嗎？你知道有什麼事情會讓你更焦慮嗎？」

我看著自己的膝蓋，腦海中浮現出鄰居漢娜・詹金斯的樣貌。她巨大的肚子，還有那個包在肚子裡無助的小生命，我忍

不住顫抖。

我抬頭看羅德醫生，聳聳肩。

「不，我不知道。」

她靠回椅背上。

「好吧，馬修，那就暫時先這樣，我們來填那張表格吧，看能不能知道讓你最困擾的是什麼。」

我填完表格，滿高興自己沒有每一格都打勾，我其實只勾了四分之一。不過她說對了，我好像真的有強迫症。

「你想要聽我解釋那是什麼意思嗎？」她問，我點點頭。

「『強迫性思考』指的是你會花很多時間一直想某些事情。對你來說，你想的是細菌和生病。強迫症會帶來很大的壓力，影響到日常生活，例如讓你不想上學。」

這點她說得真的沒錯。

「而『強迫行為』指的是你會有清潔的衝動，想要不斷重複這樣的行為直到焦慮感消退。」

說完之後，她便停了下來，好讓我理解這一切。

評估結果顯示，我的確有「奇幻思維」，但是這跟魔術沒有關係。我顯然認為自己的想法和行為可以「神奇的」預防嚴重疾病、保護我跟家人，即使我內心最深最深的地方知道這些行為很荒謬，而且這樣的想法一點用也沒有。不斷清潔只是，嗯，浪費時間和力氣。

「我都了解了，可以回家洗手了嗎？」我想這樣跟她說。

羅德醫生問有沒有什麼是清單上沒有，而我想要補充的。我想也許應該提一下卡倫，但是我連他的名字都說不出口，所

以我搖搖頭。老實說我有點承受不住了，她開始講一種可以幫助我的技巧，叫做「認知行為治療」，我們可以一起重新訓練我的大腦，讓它不再那樣思考，一陣子之後我就不再一直做那些事了。這得下一點功夫，特別是「暴露反應治療」，但是我已經踏出了第一步，就是來到這裡以及……

接著我就沒在聽她說話了，因為我的耳朵在嗡嗡叫，恐慌的感覺在肚子裡沸騰，我只想馬上離開這個鬼地方。她講到一些放鬆技巧，要我閉上眼睛、想像自己的肚子是個洩了氣的氣球，需要吹氣。我瞄了一下時鐘，然後閉上眼睛在腦海寫下：

7月29日，星期二，上午10:57，羅德醫生的診間

羅德醫生小檔案：

◆ 咖啡重度飲用者（連牆壁都吸滿了咖啡的味道）。

◆ 喜歡古董、園藝、美國恐怖小說（根據對書架的觀察）。

◆ 有一個女兒，疑似為單親媽媽（書架裡有一層立著小孩的畫，線條簡單，有兩個穿著三角形裙子的人，一大一小，手牽著手）。

◆ 女兒最近有去診所或醫院（她的鞋底黏了一張貼紙，上面有隻微笑的長頸鹿，寫著「好寶寶病人」）。

「……接下來……睜開眼睛，再做一次深呼吸……」

我睜開眼睛，壓抑自己想要馬上看時鐘的衝動。時間應該已經到了，我對羅德醫生笑了一下，試著讓自己看起來很輕鬆，試著讓自己看起來像個好寶寶病人，已經好多了可以回家了，感謝妳的照顧。

「請問我可以借用一下洗手間嗎？」

我坐在沙發邊緣微微扭動，讓自己看起來像是尿急。羅德醫生的表情像是在說「我可是經驗豐富的心理治療師，我很清楚你想要做什麼」。

她沒有馬上回答，我的心懸在半空中。

「當然，出去之後就在左手邊，如果你可以順便帶爸媽進來……」我馬上溜走。我跑過正在外面徘徊的爸媽身邊，然後進入小小的洗手間，把門鎖上。

這個小空間給人一股時尚又雅致的感覺，水箱後面還有一小盆芳香乾燥花。我解開襯衫扣子，把洗手槽放滿用來消毒的乾淨熱水。我把脫下的襯衫塞進腰間以確保乾淨，然後脫下手套、放進褲子後面的口袋。

我把右手臂泡進熱水，沒有碰到任何東西，再用左手捧起一些水淋在右手上，把爸剛剛傳給我的病菌都沖掉。

* * *

回家的路上，我們都很沉默。我還是戴著手套，但是感覺很不好，我覺得它們已經髒了。接近栗樹巷的時候，我看到附近停了一台大型的採訪車。爸把車停在封住巷口的封鎖線旁邊，我們坐在車裡等待放行時，有幾位記者抬頭看著我們。

一位警察拿著板夾走了過來，媽搖下車窗。我沒有見過這個人，他的年紀比較大，肚子上的制服繃得很緊。

　　「午安。」他說。媽告訴他我們的姓名和地址，他低頭查看手上的清單。

　　「九號，」他對媽複述，「就在隔壁？」

　　「是的，真是難熬啊警官。」媽說。

　　我往前靠。

　　「可以走了嗎？我真的得上廁所。」

　　「你一定就是那個窗戶上的孩子，」那位警察說，對著我搖晃他的筆，「你叫馬修，對吧？在他走失之前有看到他。」

　　「沒錯，警官。」爸說，聽起來異常驕傲。

　　那位警察草草寫了些東西：「你們今天為什麼出門呢？我以為你們比較不跟人來往。」

　　「因為他今天要開始接受治療。」媽說。

　　「我們可以趕快回家嗎？拜託！」我說。媽搖起車窗，那位警察解開封鎖線的一頭、拉開一個可以讓我們通過的寬度。

　　戈登走在路上正準備回家。我們在他旁邊停了下來，媽再度搖下車窗。

　　「有消息嗎，戈登？」

　　他搖搖頭，用帽子往臉上搧風。他的頭髮因為汗水而變成一條一條的，看起來累壞了。

　　「沒，什麼都沒有。我們每個地方都找了，每一個地方。」

　　他累得說不出話來。

「那潘妮好嗎？跟她說隨時可以過來坐坐。」

爸發出一聲不小聲的咕噥。他受不了潘妮，他都叫她「多管閒事的老蝙蝠」。

戈登抹了抹脖子後方的汗水。

「喔，潘妮就是那樣，妳也知道，她總是忙東忙西。」

他垂著肩膀、拖著疲累的腳步走回家。

我們開回自家的車道，引擎熄火的時候，我們都默默的看著十一號的方向。梅莉莎・道森，也就是泰迪和凱西的媽媽，正站在查爾斯先生家的走道上，背對著我們。

一位穿西裝的警察正在跟她說話，他對著玫瑰花叢指來指去，彷彿正在對庭園規劃提供意見，而不是在講她走失的兒子。她的雙臂緊緊的環抱在胸前，頭在抽動，好像這個噩耗仍在不斷的抽打她。警察繼續說話，手指著那道曾經上了鎖又被打開的柵門，再指向查爾斯先生家，然後來到我家辦公室那扇窗戶，也就是我看見泰迪拔花瓣的地方。

梅莉莎・道森轉過身子，她的表情十分痛苦，眼眶充滿淚水，接著像座纜繩斷了的電梯般頹然的撲倒在地，在水泥地上動也不動。看到這一幕，媽倒抽了一口氣，用手摀住嘴巴。穿西裝的警察對他的同事大喊，然後蹲在痛哭的梅莉莎旁邊。我從沒聽過這樣的哭聲，就像動物一樣，是那麼的悲痛。我摀住耳朵，覺得細菌從弄髒的手套擴散到我的臉上。那位警察輕拍梅莉莎的肩膀安撫她，一位女警上前將她扶起並帶她回屋裡。

「噢，布萊恩，她好可憐。」媽哽咽的說。

爸似乎說不出話來。

進屋之後，我馬上把鞋子踢到一邊並衝上樓去。我在房間把衣褲脫下，只剩一件四角褲，感覺壁紙獅正在嘲笑我。我把髒衣服丟到門外，脫下手上沾滿病菌又噁心的手套，這也是最後一雙手套。我回到房裡抓起清潔用品，朝自己噴灑抗菌清潔液，那些又細又冰涼的霧滴讓我的皮膚感到刺痛。我拿起床邊的筆記本，憤怒的在紙上潦草的寫下：

7 月 29 日，星期二，上午 11:34，房間

◆ 壁紙獅：1

◆ 寫滿的筆記本：8

◆ 空白筆記本：4

◆ 使用中的筆記本：1

◆ 不見的鄰居：1

◆ 沒用的十二歲小孩：1

梅樂蒂的祕密

寄件人	梅樂蒂・柏德
收件人	馬修・柯賓
主旨	老妮娜！

梅特務報告，
她家有地窖！！！！！

　　我激動的回信，心臟怦怦跳。我用衛生紙包著手指，但是
它一直掉下來。

寄件人 馬修・柯賓
收件人 梅樂蒂・柏德
主旨 老妮娜！

什麼？妳怎麼知道？

我把衛生紙重新包好。

寄件人 梅樂蒂・柏德
收件人 馬修・柯賓
主旨 老妮娜！

我敲了她家的門，她沒回應，但我也不意外。可是在她的客廳窗戶底下，就是灌木叢後面的那扇窗戶底下有一片玻璃，看起來就像地窖的天窗！！！我們要告訴警察嗎？

　　我思考了一下。不能因為有可以把人藏起來的地方就指控他人，還要有證據才行。我起身觀察牧師宅，險惡、長滿了刺的灌木叢占據了凸出的窗戶外；而窗戶底下，有個東西被陽光照得閃閃發亮。我瞇著眼睛努力看，只能大略知道那是一小塊三角形的玻璃窗，被灌木叢擋住了幾乎看不到。我從來沒有注意過這個東西，但是梅樂蒂是對的，老妮娜有地窖。

寄件人	馬修 · 柯賓
收件人	梅樂蒂 · 柏德
主旨	老妮娜！

妳說的沒錯。幹得好！妳可以走到後面嗎？從墓園能不能看到什麼？

寄件人	梅樂蒂 · 柏德
收件人	馬修 · 柯賓
主旨	老妮娜！

我試過了，但是那裡長了太多東西，什麼都看不見。我想你可以觀察一下她家，看有沒有什麼奇怪的事！

　　傑克從他家走出來，在巷子裡漫步。他的手插在牛仔褲口袋裡，拖著腳並踢著一顆石頭，直到把它踢進下水道。他時不時的看向站在十一號門前的警察，然後抬頭看我，但是沒有對我大喊。他看起來很無聊。

　　我的手一陣又一陣的抽痛，我洗了又洗，但是細菌還是想辦法鑽過了指甲，深深潛入血管裡面。一陣強烈的洗手衝動再度襲來。

寄件人	馬修・柯賓
收件人	梅樂蒂・柏德
主旨	求救

梅樂蒂，我需要妳的幫忙。

我停了一下。沒有別的辦法了，找梅樂蒂幫忙也許有點奇怪，但是我也沒有其他人可以找了。我深吸了兩口氣。寄出這封信就等於揭露自己的事情，這種感覺好脆弱。食指上的衛生紙滑了下來，我盡量把它弄好，然後開始打字：

我想請妳幫我買點乳膠手套，大概一盒。見面的時候，我可以拿錢給妳，商店街上的藥局應該有賣。
不過妳不能拿到我家，我們得約在附近見面。

我按下寄送鍵。傑克站在牧師宅外面，抬頭看著臥室的窗戶。我也看了過去，發現窗簾動了一下，老妮娜也在偷看他。

螢幕角落的小時鐘顯示著 12:12，我注視著它，直到它跳出那個可怕的數字，然後我馬上緊閉雙眼，不斷從一數到七。把那個邪惡的數字變成二十，一切就不會有事。

啾啾聲代表梅樂蒂回信了，但是我還是閉著眼睛，必須確保這一分鐘過了才行。睜開眼睛之後，螢幕角落的時間顯示

12:14，我因為緊張而聳起的肩膀終於放鬆。

<table>
<tr><td>寄件人</td><td>梅樂蒂‧柏德</td></tr>
<tr><td>收件人</td><td>馬修‧柯賓</td></tr>
<tr><td>主旨</td><td>求救</td></tr>
</table>

好。

　　我鬆了一口氣，沒注意到原來自己屏住了呼吸，接著走去浴室洗手。

★　★　★

　　梅樂蒂不是我會特別去注意的人，她在學校是「總是趕著要去哪裡的女生」，所以在課堂間穿梭時經常低著頭、專心看著眼前的地板，但是也都巧妙的沒撞上任何人。直到最近，我才發現她奇怪的行徑，在筆記本上寫了好多關於她的事：

4 月 24 日，星期四，天氣陰，辦公室／育嬰房
　　下午 4:03，梅樂蒂走進傑克和老妮娜家之間爬滿植物的小路，那後面除了墳墓以外什麼都沒有。

5 月 28 日，星期三，晴朗微風，辦公室／育嬰房
　　下午 4:37，梅樂蒂又去了墓園。

5月29日，星期四，大雨，辦公室／育嬰房

下午4:15，梅樂蒂走去墓園。她不是昨天才去過嗎？她在那裡幹麼？

6月14日，星期日，陰天，辦公室／育嬰房

下午2:35，梅樂蒂放學回家的時候被傑克逼到角落，他搶走她的書包，舉得很高不讓她拿到。傑克說了一些話，她不斷搖頭並試著奪回書包。最後傑克把書包丟在排水溝，她撿起來之後直接奔回家。

我跟梅樂蒂在學校有某些課同班，其中最慘的就是表演課，那堂課的每分每秒都令我討厭。表演課老師金小姐非常堅信每個人心中都住著一位演員，而她的職責就是召喚出這個演員，讓大家欣賞他又踢又叫的樣子。這差不多就是為什麼我如此憎恨這堂課的原因。

有一個星期，我們得昂首闊步的繞著教室走，假裝自己是一隻蝴蝶，然後當她喊停的時候，我們要轉身面對離自己最近的人，想像我們之間有一道玻璃，要像照鏡子一樣模仿對方的動作。

「好，7A班，變成漂亮的蝴蝶吧！」她一邊說，一邊揮舞雙手，手鐲發出令人煩躁的聲音。「準備好拍動翅膀了嗎？來！倒數三……二……一！飛吧！」

金小姐站在教室中間拍手，我們則繞著她、笨拙的跳著奇怪的舞步。過了不久，有幾個女生開始進入狀況，她們踮起腳

尖，用手在身體兩側做出振翅的樣子，但是男生還是對此興趣缺缺，每次經過金小姐背後都會對她做鬼臉。我則是小心的稍微動動手臂以免吸引目光，很多人都是這樣。幾分鐘之後，金小姐又喊：「太好了，7A班，準備默劇練習，倒數三……二……一！鏡子！」

我們全都停下腳步，在沉默中轉身面向離自己最近的人。我的對面是梅樂蒂‧柏德，她看起來跟我一樣不自在。湯姆在教室的一角發出像豬一樣的呼嚕聲，站他對面的則是滿臉通紅、笑到發抖的賽門‧杜克。

「專心！湯姆‧艾倫！賽門‧杜克！現在看著你們的夥伴，慢慢、慢慢的模仿他們的動作，看誰先開始，不要碰到對方。記得，你們中間有一道玻璃！」

我看著梅樂蒂，然後在眉毛上抓了一下癢，她也很快的抓了一下眉毛。我笑了。

「我還沒開始啦！」我小聲的說。

「不准講話，馬修。」金小姐經過我旁邊的時候說。「默劇練習不能有聲音！」

梅樂蒂伸出手，手心朝前，我也把手放在距離她幾公分前的地方。她把手往上舉，我也做了一樣的動作，然後跟著她把手往旁邊伸展。我可以感覺到她手上的溫度，但是當時我對此並不反感。那個時候我已經開始經常洗手了，但是對細菌的憂慮還不算太嚴重，所以沒有被別人發現。她又舉起另一隻手，我們開始左右搖擺雙手。她對我吐舌頭，我也對她吐舌頭。

「做得很好，梅樂蒂！記得也可以運用臉部表情，7A

班，全身都可以！」金小姐說。

梅樂蒂皺起鼻子，我繼續模仿，然後她用下排牙齒咬住上嘴脣，再翻了個白眼。我忍不住噗嗤一聲笑了出來，此時金小姐又發出指令：「現在回到蝴蝶，三⋯⋯二⋯⋯一！開始！」

梅樂蒂露出微笑，拍拍翅膀飛進人群，我也把手打開跟著她的腳步。

★　★　★

我聽見外面傳來關門的聲響，梅樂蒂從三號走了出來。她穿著黑色牛仔褲、黑色Ｔ恤，還有那件長版黑色針織衫，她往商店街的方向走去。我感到一陣激動，她要去幫我買手套了，我就知道。在牧師宅外的傑克跑過馬路追上她，她的肩膀瞬間垂了下來，整個人縮了起來。傑克對她說了些話，把手揮來揮去，兩個人接著走出我的視線之外。

大約一個小時之後，一位女警來問了我更多問題，我也跟她說了更多我所知道的事情，但是她卻不停的在同一個問題上打轉：有沒有看見可疑的人物，或是聽到奇怪的聲音？在泰迪不見之前，有沒有陌生人出現在巷子裡？我說沒有，然後又講了一次我看到的事情：泰迪在玩花瓣、詹金斯先生去跑步，就這樣。我問他們有沒有去問傑克。

「為什麼你會這麼問呢？」那位女警說。我認出她就是泰迪失蹤不久後從一台銀色車子走出來的警察，是「位階很高所以不用穿制服」的其中一位。

「馬修跟傑克是朋友啊，對吧，親愛的？他只是想知道你

們是不是跟這裡的人都聊過了。」

媽也跟我們一起在廚房裡，她為了不讓自己閒下來所以在整理櫥櫃。她最近不打算去沙龍店，這樣就可以幫忙找人；而爸也休了假，今天早上都跟著搜救隊待在外面。

「傑克才不是我的朋友。」我低聲說。

那位女警把身體往前傾，靠在桌上。

「是的，我們跟這裡的每一個人都談過了，但是如果還有我們該知道的事情，請務必告訴我們，馬修。」

「有啊，傑克是個討人厭的傢伙，就這樣。」我說。

「馬修！你怎麼可以這樣說呢？你們以前很要好啊。」媽轉向那位女警，認為自己有必要解釋清楚。「傑克小學的時候健康狀況不太好，對所有東西過敏，堅果啦、魚啦、洗髮精、羊毛，什麼都會，所以經常氣喘和起疹子，他媽媽簡直嚇壞了，所以他在學校就會被欺負，小孩子有時候也滿不留情的，不過我家馬修當然不會……所以傑克長大之後就有點懷恨在心，變成那種常惹麻煩的小孩，我猜是這樣。他的哥哥里奧也沒有幫什麼忙，大概就是這樣。」

女警站了起來，顯然認為這些跟泰迪的事無關，她還有更重要的事情要做。

「泰迪媽媽狀況怎麼樣呢，警官？她還好嗎？我是不是應該過去看看有沒有哪裡需要幫忙？」

女警把椅子靠回餐桌。

「她非常悲痛，她跟女兒住進了附近的旅館，負責聯絡雙方的聯絡官也會隨時通知她最新的消息。」她轉向我。「我們

應該會再來找你談談，好嗎？」

我聳聳肩，想不到還有什麼可以說的。

我回到辦公室，以為可以看到梅樂蒂寫信說有關手套的事，但是很不幸的，我收到的是：

寄件人 傑克·畢夏
收件人 馬修·柯賓
主旨 警告！

我只是要警告你，別靠近住你對面的那個女生，她對死人有超乎常人的興趣，你懂我的意思吧？還有她說你們兩個在「調查」又是怎麼回事？跟她這種蠢蛋是能查出什麼東西？

我從浴室拿了幾張衛生紙，迅速把每根手指包起來後開始打字。

寄件人 馬修·柯賓
收件人 傑克·畢夏
主旨 警告！

梅樂蒂只是不太一樣而已，你不也是嗎？

按下寄送鍵之後，我站起來看看外面。那位女警準備上車，媽則是往一號走去，大概是要去跟潘妮說梅莉莎·道森搬

到旅館的事。她按了門鈴，潘妮走出來，她把身後的門關上之後，兩個人就站在她的車道上聊天，媽不時會轉過頭來看一下十一號。

坎朋警官站在查爾斯先生家的門前，他就是在泰迪失蹤那天來敲門問我問題的警察。

寄件人 傑克・畢夏
收件人 馬修・柯賓
主旨 警告！

我現在鄭重警告你，梅樂蒂・柏德是魔鬼，你知道她去了幾次墓園嗎？你知道她到底在那裡做什麼嗎？不，你當然不知道，因為你只會宅在家！

我停下來，外面出事了。

「警官！警官！」

梅樂蒂的媽媽克勞蒂亞正跑過馬路，她拉著身後的臘腸狗，長長的裙子飄了起來。

「不好意思，我發現了一個東西！我家的狗在花園發現了一個東西！對不對呀，法蘭基？真是好孩子。」

克勞蒂亞在柵門外等著坎朋警官走向她。她手裡拿了一個髒髒的東西，幾乎被撕成兩半，但是我馬上認出了那個東西。

她手中拿著的，是泰迪的藍色毯子。

CHAPTER 16

墓園裡的美人魚

> **寄件人** 梅樂蒂・柏德
> **收件人** 馬修・柯賓
> **主旨** 手套
>
> 我買好了。
> 下午 1:00 以後我會在教堂的院子裡。

　　電腦的時間顯示為下午 1:06，我得快一點，只要拿到手套就馬上回家，簡單。我在辦公室走來走去，雙手發抖。我的心臟狂跳，就跟在診所昏倒前一樣。我強迫自己站好，做了幾個深呼吸。我閉上眼睛，但是覺得地板在晃動，所以我又張開了眼睛。如果我不去，梅樂蒂大概會來看我發生了什麼事，媽會

去應門，然後看到那盒手套。他們在羅德醫生那裡吵了一架，爸還難過得哭了，這次她不會通融的。不行，如果現在不去，以後就不用去了。我做了最後一次的深呼吸，然後跑下樓。

當我坐在最後一階樓梯、套上幾乎沒有穿過的白色運動鞋時，媽和潘妮從廚房探出頭來，手裡都拿著一杯茶。

「哈囉，馬修，」潘妮說，「能這樣見面真不錯，不然平常都只能從窗戶看到你。」

媽發出奇怪的笑聲，潘妮則是姿態高傲的盯著我。

「你要做什麼啊，小馬？」媽說。「你要出門嗎？」

我站起來，用手肘開門。

「對。」我盡量一派輕鬆的說。

媽跟潘妮互看了一眼，表情顯得很驚訝。

「出門？他不是不出門的嗎，席拉？」潘妮說，彷彿我不在場。

「喔，我現在會了。」我說完便深呼吸最後一次，踏入外面又溼又熱的世界。

★　★　★

墓園裡有一棵很大的七葉樹，樹下有六角形的長凳圍繞在樹幹周圍。長凳有點老舊，而整棵樹散發出一種悠久的歷史感。我在想，比起以前無拘無束的快樂日子，現在被長凳圍住會不會讓它覺得失望。

有個穿著藍色洋裝的女生坐在樹蔭下的長凳上，這是我第一次看到她穿黑色以外的顏色。

「嗨，梅樂蒂。」我說，然後倚靠著長凳邊緣坐在她旁邊。

她沒說話，但是把一張白色小卡片塞進洋裝口袋裡，我的目光忍不住飄向她身旁的白色塑膠袋。

「有些墓碑好漂亮啊。」我邊說，邊看著其中一座上面有個哭泣女子雕像的十字架。奇怪的是，待在這裡的感覺不像在診所和羅德醫生那裡一樣，我並不覺得害怕。原以為墓園可能會加深我的焦慮感，但是這塊墓地有種古老的氛圍……我想像周遭的病菌都死光光了。

我們默默的坐了一會兒，我看著乾枯的落葉順著小徑被吹到了我們面前。臉上的微風彷彿是吹風機吹出來的暖風。

「謝謝妳幫我買手套。」

她點點頭，沒有人伸手去拿放在我們中間的袋子，我壓抑著想要馬上戴起手套的衝動。

「真的很謝謝妳，幫我這個奇怪的忙。」我緊張的笑一下，她揚起眉毛，好像不這麼認為。我以為她要開始問問題了，但是她沒有。

「來吧，我帶你去看我最喜歡的墓碑，」她說，「不准拒絕。」

她跳了起來並伸手牽我，但是我下意識的把手環抱在胸前，她看起來有點受傷。

「我……我有個毛病。我很怕細菌，所以我需要手套。對不起，這不是針對妳……喔，妳現在知道我的祕密了。」

梅樂蒂別過頭去，髮絲落到了臉上。她把頭髮塞回耳後，

然後帶著微笑轉頭看我，但依然什麼都沒說。大概是我說這麼多話嚇到她了。當我開了口，似乎就停不下來。

「還有數字。嗯，其實只有一個數字。如果看到或聽到那個不吉利的數字，我就會很焦慮，雖然不像細菌那麼嚴重，但是我就是會不舒服，而且愈來愈嚴重。如果看到或聽到那個數字，我就要在心裡數到七，把它變成二十，這樣就會沒事。」

我發現自己有點語無倫次，所以停了下來。梅樂蒂站在那裡，眼睛睜得大大的，然後她開口說話了。

「要告訴我這些應該很不容易吧。」她說。

「嗯……對，有點。」我說。

她突然露出一個大笑臉。

「從來沒有人跟我說過這種事情。你知道，就是私事。」

我聳聳肩。

「我以為你怕的是指甲。」

「什麼？」

她朝那個袋子點了一下頭。

「我以為你是因為那樣才一直戴著手套，因為你很怕自己的指甲或什麼的，我以為光是看著它們你就受不了。」

我們都低頭看著我的手。

然後我笑了。一開始幾乎是無聲微笑的獨自傻笑，接著就一發不可收拾，我抱著肚子笑得眼淚都流了出來。她本來覺得我笑成這樣很誇張，但是她的肩膀也開始聳動，跟我一起捧腹大笑。有幾次我們稍微平靜下來，但是只要我一看她，我們就會繼續大笑。

「指甲？」我說，一邊抓緊機會呼吸。

「我怎麼知道呢？」她回答，我們又陷入一陣瘋狂的大笑。大笑的感覺真好，真的太好太好了。最後我們還是平靜了下來，她擦了擦眼睛。

「所以，出門有什麼感覺呢？我是說真正待在戶外。」她微笑著說。

我的呼吸終於恢復正常，接著往四周看看。我認出教堂旁邊的白色翅膀尖端，那是卡倫小天使。接著我馬上意識到，來這裡真的是一件非常非常糟糕的事。

「我全身上下的每一顆細胞都在告訴我要立刻回家，把身上的細菌洗乾淨。」

我不斷將雙手在面前交握接著又放到背後，感覺病菌正在蔓延。

「你手上什麼都沒有，馬修。沒事的。」梅樂蒂說。

我搖搖頭。

「妳錯了，它們到處都是。我不能待在這裡了，這樣太危險。很抱歉，我得走了。」

我隔著袖口拿起塑膠袋準備離開，走回老妮娜家和傑克家中間的小路。梅樂蒂跳過來、站在我前面。

「你可以回家把細菌洗掉，但是先跟我去看一個東西好嗎？等你回家，想怎麼洗就怎麼洗，只要晚幾分鐘就好。你不會後悔的，我保證。」

她展開雙臂，我猶豫了一下，這讓她露出了笑容。

「一下下就好，最多三分鐘，真的啦，馬修，如果細菌真

的會對你怎麼樣，三分鐘根本沒差吧？」她笑著說，但是這次我笑不出來。

「走吧，跟我來！」

她往角落最古老的一群墓碑跑去，頭髮在她身後飄揚。

我站在陽光底下左右為難。

我可以直接回家洗手，享受解脫的感覺，或是我可以晚個幾分鐘，看看這個瘋狂的女孩究竟要帶我去看什麼東西。我想起羅德醫生的話，她說我要面對自己的恐懼、相信自己，如果暫時走出洗手和擔憂的輪迴，我也不會有事。我把手伸進袋子裡並撕下紙盒的開口。戴上手套之後，我覺得焦慮減輕了一點，我往左看著已經跑過去的梅樂蒂，深呼吸之後跟了過去。

★　★　★

這裡的墓地雜草叢生、地面也不平整，因為棺材已經腐爛剩下鬆軟有彈性的泥土，準備再吞下一個人。大部分的墓碑都長滿了青綠色的地衣而斑駁，已經難以辨識了。梅樂蒂就站在一個傾斜的十字架後面。

「你來了，真是太好了。」她說，然後看了我的手，但是什麼都沒說。

「我只是過來跟妳說聲謝謝，我現在就要走了。我覺得不太舒服，快要無法忍受了。我頭有點暈，可能需要喝水。」

梅樂蒂雙手扠腰站在那裡，斑駁的陽光在她的身旁跳舞，讓她些微紅棕色的髮絲顯得更顯眼。

「但是你都來到這裡了！這真的很值得一看，過來吧，看

一眼你就可以走了，好嗎？」

　　她在一個墓旁蹲了下來，然後拔起一些雜草。我只要再走五步去看看那是什麼就可以跑回家、奮力的奔跑。我可以直奔到浴室洗澡，非常好。我可以打掃房間、等水加熱，想要的話可以再洗一次澡。我一步一步走向她，她轉過頭來，臉上掛著大大的笑容。當我透過薄薄的鞋底感受到腳下的泥土時，我不安的扭動了一下。我站在墓的另一邊，帶著手套的手夾在手臂底下。

　　「你看，」她小聲的說，「你有見過這麼漂亮的東西嗎？」

　　墓的一頭立著一塊普通的橢圓形墓碑，上面有一些模糊的字，但是在墓碑的前面，有一座雕刻精緻的美人魚躺在一塊厚重的石板上。它有梅樂蒂一半那麼高，上面的紋理細節令人驚豔。

　　「很驚人吧？」梅樂蒂說，然後擦掉一些美人魚尾巴上的泥土和樹葉。

　　「哇，這應該是有人刻的吧？」

　　「嗯，的確是這樣……」

　　她指著墓碑。

　　「……於 1884 年。」

　　美人魚的臉朝下，微微駝著背，額頭埋在右手的臂彎裡。她的頭髮像瀑布般落下，一道道石刻的波浪就覆蓋在裸露的背上。她的尾巴往上彎，肌肉支撐著平整的尾鰭，側邊有些微破損。當陽光在鱗片上搖曳，她就是一隻閃閃發亮的美人魚，身

體依舊潮溼，彷彿才剛上岸休息。我彎下腰去，幾乎可以想像自己看到她的背因呼吸而起伏。我想看清楚她的表情，但是她的臉被遮住了，誰也無法看見。

「她在睡覺嗎？」

梅樂蒂又拔了幾根草。

「我不覺得，她應該是在哭吧，一隻哀傷的美人魚。」

我仔細看著她的頭髮，有那麼一瞬間，我想伸手去碰觸那個波浪，但是我沒有這麼做。

「為什麼是美人魚呢？是誰葬在這裡？」

我不想靠得太近，只好瞇著眼睛盯著墓碑上的字，但是梅樂蒂背了出來。

「伊莉莎白‧漢娜‧李維，逝於 1884 年 10 月 29 日，得年 28 歲，沒有其他資訊了。我想知道更多關於她的事情，所以去查過教堂的紀錄，但是什麼都沒有發現。說不定她曾經在海邊看到一隻美人魚，但是沒有人相信她；或者她只是很喜歡美人魚，誰知道呢？不管她是誰，都留下了這個美麗的墓。」

我看著正在拔常春藤的梅樂蒂，心想也許我一直都誤解她了。她在診所不停講話也許只是因為很緊張，這個平靜又放鬆的梅樂蒂其實還滿好相處的。而且她什麼都沒問就跑去幫我買手套，還有，即使知道了我的事，幾乎所有事，她也沒有討厭我。但是也許知道我對卡倫做的事情之後，她會改變心意也說不定。

「我爸搬出去之前，我開始在放學後過來這裡，不想聽他們吵架，所以我才發現她的。」

她站起身來，手臂環抱著。

「我不開心的時候就會想起這隻沉睡了好久好久的美人魚，我的心就會跟著平靜下來。」

她又彎腰抹去美人魚尾巴上更多的泥土。

「不過這真是個悲傷的墓。這裡的墓碑除了名字以外，也刻了這是某人的丈夫、小孩或父母，寫法都差不多，尤其是那些比較舊的。但是伊莉莎白‧李維就不一樣了，她只有美人魚作伴。」

我了解她的感受。我想起了壁紙獅，而房間裡整潔又安全的畫面再度點燃了我的焦慮。美人魚不再吸引我的注意力，我覺得胸口悶悶的，呼吸也變得急促。

「梅樂蒂，我真的得回家了。謝謝妳帶我來看這個漂亮的墓。」

我轉身小心的穿過草叢，回到步道上。

「我知道你都從窗戶觀察我，」梅樂蒂說，一邊跟上來，「我知道你很好奇我都在這裡幹麼，你覺得我很奇怪嗎？」

我搖搖頭。

「那就好。」

我們靜靜的走了一段路，然後我看見她從口袋裡拿出我剛才看過的白色小卡片。她拿給我看，我停下腳步，卡片的一角有一朵帶有奶油白花朵和深綠色莖的褐色百合花。我花了一點時間在炫目的陽光下調整視線，看到上面印著淡藍色的字：「以愛追憶。」

下面有黑色的筆跡：「永遠在我心裡。C」

這是一張悼念卡。

「妳從哪裡拿的？」

她把卡片放回口袋。

「教堂那邊，它放在一個九十八歲老先生的墳上。活了這麼久真是偉大。」

她臉上帶著微笑，但是我可不認同。

「我不太懂，為什麼妳要拿這個？為什麼妳要把別人的悼念卡放在口袋裡？」

「我在蒐集。」

我停下來轉身看著她，她的笑容不見了。

「什麼？」

她環抱著手臂說：「我在墓園裡到處繞，把它們帶回家、放在相簿裡，這樣就 ── 」

「妳蒐集這些？什麼？像貼紙嗎？像小孩的貼紙簿？」

「不，不是那樣。如果我沒有帶走那些卡片 ── 」

「妳拿了多少張？這是可以拿走的嗎？從別人的墓上拿走？這些都是別人心裡面的話耶，妳不應該拿的，這是偷竊！」

她嚇壞了：「不，你不了解 ── 」

「不了解什麼？不了解妳為什麼要拿走別人的東西，不屬於妳的東西？」

梅樂蒂抹了一下臉頰，眼睛閃著淚光。

「不是你說的這樣，我沒有偷東西！如果我不拿，那些卡片會被丟掉。你為什麼這麼生氣？」

我想起幾個月前，卡倫忌日的時候我寫給他的卡片。嚴格來說那不算是一張卡片，只是一張紙條，我草草的寫了一些話，跟他說我覺得很抱歉，說我不是故意要害死他的。我在上學前走去他的墓，把紙條塞在小天使的腳趾頭下。

　　梅樂蒂環抱著自己，一滴眼淚從她的臉頰滑落。我沒辦法告訴她這件事。

　　「我要回家了。」說完，我便往小路跑，丟下獨自哭泣的梅樂蒂。我必須離開、遠離她，也遠離這個墓園。這整件事真是大錯特錯，她買的手套感覺不太對，比媽給我的還要薄，細菌大概滲透進去了。

　　當我經過牧師宅的後院，老妮娜正站在梯子上，試著拿一個卡在蘋果樹上的東西。她皺著眉頭、咬緊嘴脣，並用掃帚去勾一塊纏在樹枝上的白布。她非常專心，所以沒有注意到我跑過去。

神祕的牧師宅

在巷口等著我的，是傑克跟他的腳踏車。

「你們兩個在那裡幹麼？」他說，雙手環抱在胸前。我把塑膠袋放到背後。

「馬修，你應該知道些什麼吧？」

「沒有。」

「你以為你可以找到泰迪？你從窗戶看到了什麼，對吧？」

他往前靠在腳踏車的把手上，慢慢逼近。

「你看到了，而且還不告訴大家。」

「我沒有！不要擋我的路，傑克。」

他擋住了小路的出口，我無處可躲。

「那個梅樂蒂沒什麼用，如果你需要有人一起調查，我可以幫忙。」

他聳聳肩，好像根本不在乎要怎麼進行，但是我真不敢相信他竟然開口說要參與，他究竟想做什麼？

「你？」我說，緊貼著他家的外牆走，想要鑽過去。「謝謝，可是不需要。」

他抬頭吸了一下鼻涕，就在我從他身邊鑽過去的時候，他把腳踏車往前推，把我的腿壓在牆上。

「傑克！你到底要幹麼？」

我設法脫身，但是他推得更用力。「你覺得自己很厲害，對吧？但是你知道嗎，怪咖馬修？」

他靠得好近，我可以看到他眼睛周圍紅腫疼痛的裂痕。

「你連個屁都不是。」

他用力的扭轉壓在我腿上的車輪，然後掉頭騎走了。

★　★　★

我回到家的時候，潘妮已經離開了，爸跟媽正在客廳裡說悄悄話。

「這是個好的開始吧，布萊恩？他自己主動出門的，他好久沒有這麼做了。」

我坐在樓梯上脫鞋子，腿陣陣抽痛，全身上下都爬滿了細菌。如果沒有馬上去洗澡，我絕對會生病。如果我生病了，媽就會被我傳染，然後爸也……反正之後不管發生什麼事，都是我的錯，因為我沒有及時把自己洗乾淨。這時候媽走了過來。

「給他一點空間吧，席拉！別把他嚇回房間了。」爸大聲說，彷彿我聽不見。

「我有給他空間啊！我只是很高興見到他嘛。馬修，這次出門感覺怎麼樣？有去什麼地方嗎？袋子裡裝的是什麼？」

我開不了口。

如果我開口說話，細菌就會爬進我的嘴巴。這時候爸走過來了，開始換他說話。

「要不要來打個撞球啊，馬修？你出門的時候我把貓毛都清乾淨了，就跟新的一樣。」

奈吉好像也覺得牠該登場了，牠從廚房走過來在媽的腿上磨蹭並且一邊喵喵叫。

「小馬你看，奈吉看到你也很高興耶，對吧，奈吉寶貝？」

她拎起奈吉，像抱小嬰兒一樣抱著牠，牠閉起眼睛發出愉快的呼嚕聲，然後抬起頭讓媽抓抓牠的下巴。這真是一場盛大的歡迎回家派對。

我突然驚覺自己還戴著手套，所以趕快跑到樓上，爸在我身後大喊：「馬修！你怎麼又戴起那雙鬼手套了？」

我打開蓮蓬頭，把水溫調到最燙，等待溫度上升。

媽輕敲了幾下浴室門。

「馬修，你還好嗎？」

「我很好啊。」我刻意用愉快的聲音大喊。

我們都沉默了，但是我知道她還在門外聽著嘩啦啦的水聲。

「親愛的，我隨時都在，我們都會在。」她的聲音有點沙啞，但是她繼續說：「有什麼事都可以告訴我們，別覺得我們

不懂，我們會懂的，好嗎？你是我們的寶貝兒子啊。」

我看著鏡子裡的自己，淚水不斷的淌落，鼻水怎麼樣也止不住。

都是因為我啊，媽。妳一直很想要的孩子，被我害死了。

我偷偷清了清喉嚨。

「我知道啦，媽。我待會再去找妳。」

又是一陣更長的沉默，然後我聽見她下樓的聲音。我們都知道，我待會不會去找她。我開始沖澡，把全身塗滿肥皂，水非常燙，但是這樣才能殺菌，如果溫度不夠，細菌是死不了的。洗完澡後，胸悶的感覺舒緩了一點，然後我刷了五次牙以確保口腔沒有被入侵。我走進辦公室，因為我知道有一封信在等我，我隔著衣服點開它。

寄件人 梅樂蒂・柏德
收件人 馬修・柯賓
主旨 我的錯

我以為你跟別人不一樣，你可以理解。你跟我其實沒差多少，馬修・柯賓，我們都是獨來獨往的人，就是很難融入人群，但是至少我不會假裝。

我靠回椅背，覺得錯愕。獨來獨往？她說我獨來獨往？我一點也不寂寞，而且我跟大家處得很愉快好嗎！我又讀了兩次信，然後戴起一雙乳膠手套。

還有另一封信，一定是傑克去堵我之前寄的。

寄件人 傑克・畢夏
收件人 馬修・柯賓
主旨 老巫婆妮娜

你們兩個偷偷摸摸的在幹麼？我看到你走去墓園，有什麼事情嗎？跟老妮娜有關嗎？別忘了她是個女巫，她的屋子裡大概到處都是屍體吧！
記得那個萬聖節嗎？

信的最後放了一張照片，上面有個表情扭曲的老太太，眼球凸出掛在紅色的血管上，分別轉向不同的方向。

我知道他說的那個萬聖節，那是我最後一次玩「不給糖就搗蛋」，已經是三年前的事了……

★　★　★

那是我們第一次可以自己去要糖果，但是得遵守嚴格的規定，只能在這條巷子裡敲門，包括自己家，而且不能去吵老妮娜。我們的媽媽會在客廳監視，所以整體來說，即使我們可以自己去玩，這個萬聖節也不太令人興奮。

敲自己家的門實在有點沒意義，因為媽媽們早就看過我們的裝扮了，不過為了糖果，還是可以接受的。我們從傑克家開始，當我們大喊「不給糖就搗蛋」之後，蘇打開門，發出了穿耳洞時才會有的尖叫聲。

「噢，我的老天哪，看看你們兩個！你們好啊，可怕的外星人和狼人！你們都想要糖果吧？」

「好了啦，媽，妳這樣太假了。」傑克說著，我們在糖果盒裡翻來翻去，各抓了一把戰利品放進袋子，然後往下一家前進。

漢娜和詹金斯先生家黑漆漆的，大概是出門去了，但是傑克堅持要按門鈴。他按了好多次，直到我叫他放棄。

接下來是我家，爸來開門。他才剛下班回來，然後假裝不認識我們。

哇，你的裝扮真酷！」他對傑克說。他的服裝是整套式的綠色連身衣，後面有一個塞滿棉花的尾巴，還有白色的外星人橡膠頭套，上面留了兩道給眼睛的開口。

「這個怪物又是誰啊？看來你需要好好修剪一下頭髮了。」爸對我說。我穿的是一般的衣服，但是戴了雙毛髮濃密的爪子手套，還有把整個頭罩住的狼人面具，所以我滿頭大汗，還得憋笑。

接下來是查爾斯先生家，他開門的時候嚇得往後退了一步。

「不給糖就搗蛋！」

「哎呀，我差點心臟病發作！」他用一隻手扶在牆上穩住

自己。「萬聖節到了嗎？天哪，等我一下……我可不希望你們在我的花園裡惡作劇。」

他去拿東西的時候，我跟傑克都在偷笑，他其實不用擔心我們會惡作劇，因為我們根本沒有這個打算，誰會選擇惡作劇而不選糖果呢？他拿著兩顆蘋果走過來。

「就這樣？」傑克說，我用手肘頂了他一下。

「我沒有多賞你一巴掌就不錯啦，小子！」查爾斯先生說完後就把門甩上，我們嘻嘻哈哈的跑出來。

下一站是潘妮和戈登家，整條巷子裡裝飾得最華麗的房子。他們在窗戶上掛了幾隻紙做的蜘蛛，每個角落都有蜘蛛網，還打上一閃一閃的燈光，門前的台階上有三顆刻得很精美的南瓜，閃著橘色的光芒。媽之前從潘妮的《哈靈頓居家妙方》型錄上訂購了一個南瓜雕刻工具組，但是我家的南瓜可沒有這麼漂亮。我回頭望向我家，看到媽在窗邊盯著我們。

門打開後，一個身穿黑色長斗篷、沒有臉的人影出現了，我們都倒抽了一口氣。

他發出「哦哦哦哦」的聲音，對我們揮揮手後走到門外，我們往後退了一步。

「戈登？戈登！」潘妮在廚房大喊。「過來幫我一下！」

戈登沒有回應她。他揭開面紗，紅潤的臉頰笑呵呵的。

「啊，這兩位客人是誰呀？是可怕的狼人跟外星人呢！」

他靠近我們想仔細看一看，但是潘妮走了過來，粗魯的用手肘推開他。她穿了一件黑白圓點的洋裝，頭上戴了一頂銀色的女巫帽，跟她六○年代的蓬蓬頭比起來，那頂帽子實在很迷

你。她拿著一個蝙蝠形狀的大托盤，上面放滿了南瓜餅乾、太妃糖蘋果，還有用小墓碑裝飾的馬芬蛋糕，這香味真是棒呆了。

「哇，這些都是妳做的啊，潘妮？」我說，同時也洩漏了自己的身分。

「當然囉，馬修。你們只能各拿一個，我得留一些給其他人。」

我把一個太妃糖蘋果放進袋子裡，傑克還在端詳托盤上的東西。

「怎麼沒有糖果？」

潘妮挺起身子。

「沒有喔，年輕人。如果你想要那些加工垃圾，還是去敲別家的門吧。」

接著門便砰的一聲關上，把我們都嚇了一跳。

傑克轉身離開，把外星人尾巴拖在身後。也許他的用字遣詞可以再加強，但是我知道他沒有惡意。因為過敏，傑克幾乎所有東西都不能吃，如果是外面販售的包裝食物，他媽媽就可以幫他檢查標示。接著，我跟他一起站在三號的門前，梅樂蒂把門打開。她穿著黑貓的服裝，臉頰上畫了幾根小鬍鬚，頭上長出三角形的耳朵。

「喵──」她一邊叫一邊撲過來，手就像貓爪在我們面前張開。

「好了好了，梅樂蒂。」傑克說，對著梅樂蒂搖搖他的袋子。

梅樂蒂露出不悅的表情，接著閃到門後，拿出一個滿滿的橘色糖果桶，裡面的糖果都有亮晶晶的包裝紙。

　　「喵。」我伸手拿的時候她叫了一聲，我看著她塗成黑色的鼻尖，她對我皺了一下鼻子。

　　傑克抓了兩大把糖果。

　　「喵！」她叫了第三次，然後搶回糖果桶。她假裝舔自己的爪子還有清理耳朵，學貓發出低沉的聲音。

　　「梅樂蒂，妳好奇怪喔。」傑克說。她發出不悅的聲音，然後把門關上。

　　「真是浪費時間，」傑克說著並看向他的袋子，「幾乎沒有什麼收穫嘛！」

　　我們慢慢走回他家，但是傑克在隔壁停了下來。

　　「我們不能去吵老妮娜啦，走吧。」我說，但是傑克跑了過去，站在牧師宅門前。他扳起沉重的門環，敲了三下。

　　「傑克！」我大喊。「你在幹麼？」

　　我往家裡看，沒有看見媽的身影，大概是知道我們要走回去了。當那扇黑色大門打開後，我也跑了過去。

　　「不給糖就搗蛋。」傑克這次小聲的說。老妮娜面無表情的看著傑克，好像在研究什麼。

　　「我說，不給糖就搗蛋！」他用力搖動手中的袋子。老妮娜微微點頭表示明白，然後走回屋裡，門維持著半開的狀態。傑克轉頭看我，對我比了一個讚，我則一臉驚訝的站在那裡。他開始做一些搞笑的動作，在台階上亂跳舞，還背對房屋扭腰擺臀。這時門突然打開，「你們還是進來吧。」她說完便走回

去，留下敞開的大門。

　　我們互看了一眼，傑克便踏進那又大又黑的玄關，並脫下他的外星人頭套，我也趕緊跟上去。花了點時間適應眼前昏暗的光線後，我以為裡面會有很多蜘蛛網和剝落的壁紙，但是除了風格老舊跟光線太暗以外，這裡其實非常整潔。老妮娜走到了玄關盡頭，我們也慢慢往那個方向前進。經過客廳門口的時候，我往裡面偷看了一下，在燃氣小壁爐旁邊有張長椅背扶手椅，窗台上有一盞橘色的燈，散發著溫暖的光線。這時傑克用手肘頂了一下我的肋骨，害我嚇得跳了起來。

　　「你看！你覺得這是什麼？」

　　牆壁上掛著一排裱了框的照片，拍的都是同一個男孩，只是年齡不同。其中一張，他抓著旋轉木馬的桿子露出微笑，那時還沒有長牙；另一張照片中，他的年紀跟我差不多大，正在端詳一隻停在手背上的蝴蝶；還有他第一天上學的照片、拿著足球獎盃的照片、戴著耶誕帽並且鬥雞眼的照片、還有一張是他在運動會那天贏得金牌的照片。我脫下狼人面罩，仔細觀看離我最近的那張照片，他裸著上半身，手臂環抱在胸前，站在一個綿延了好幾公里的沙灘上。那天風應該很大，因為他的頭髮被吹得亂七八糟。他的鼻子上有雀斑，對著鏡頭笑的時候眼睛卻半閉著。

　　「他是誰啊？」傑克看著那些照片問。「是她兒子嗎？怎麼沒有長大之後的照片？不曉得他怎樣了？」

　　我們互看了一眼，廚房傳出哐啷哐啷的聲音，我看見傑克吞了一口口水。

「進來吧，你們兩個！」

我們繼續往前走、停在廚房門口。廚房的一角有台烤箱兼瓦斯爐，老妮娜彎著腰，烤箱的煙瀰漫在她身上。她戴著灰色的隔熱手套，從烤箱取出一個大托盤，上面有幾塊蛋糕，她把它們放到桌墊上。

「啊，你們來了！」她說。她脫下手套，歪著頭盯著傑克。

「你的身材應該剛剛好，絕對沒錯。」

她朝我們走過來，傑克一把抓住我的手臂，先看看老妮娜，再看看她身後打開的烤箱，臉色一片慘白。

「我們得閃了，小馬。」他從咬緊的牙齒間吐出這幾個字，而老妮娜正一步步走過來，傑克突然轉身逃跑。

老妮娜在我面前停下腳步說：「他要去哪裡啊？」

我僵住了，想要逃跑但是又怕這反而會讓她一把抓住我。她靠得好近，當她抿脣的時候我看見她的下巴上有兩根黑色頭髮。她伸出骨瘦如柴的手，並走向廚房門，從掛鉤上取下一個東西。她抖了抖，然後拿起來看。

「不不不，這恐怕不適合你，給你朋友穿比較適合，真可惜他跑掉了。」

那是一件男生的大衣，一件好看的及膝海軍藍大衣，正面有發亮的黑色扣子。她緊緊抓著那件大衣，用拇指感受它的質料，好像一度忘了我的存在。她嘆了一口氣，然後把衣服掛回門上。

「算了，你要來塊蛋糕嗎？」她說。

★　★　★

巷子裡的落日餘暉逐漸暗淡，各家的客廳窗戶也開始亮起，並且同步閃爍著同一則新聞畫面。我從家裡的電視聽到：「……走失的幼童泰迪・道森……」我躡手躡腳的往下走，偷聽消息。「今天，泰迪的媽媽梅莉莎・道森，聲淚俱下的懇求……」

我坐在樓梯上可以看到電視的地方，畫面裡有一張白色長桌，幾個人坐成一排，中間的就是梅莉莎・道森。她的穿著十分專業俐落，是一件體面的綠色洋裝，並把黑色的長髮整齊的往梳。她背稿發言，並輪流注視前方的每一位記者，就像在會議中致詞。

「星期一下午，我可愛的兒子泰迪，在我爸爸的花園失蹤了。我在此鄭重呼籲各位，若你有任何關於泰迪的消息，請與警察聯絡。任何資訊，即使只是一些小細節，都可以幫助我們尋找他的下落。所以拜託大家，無論是多麼瑣碎的小事，都請跟我們聯絡。」

她停下來，並喝了一口水。

接著，她開始讀稿，聲音微微顫抖。

「如果泰迪是被人帶走的，請把他還給我，拜託了。你可以把他放在一個安全的地點，醫院、教堂，任何一個可以讓他被發現的地方……」

她的聲音不太穩定，也變得垂頭喪氣。

「他是個愛笑的孩子，很可愛。拜託……請幫我找到他

……他這麼小……」

說到這裡，她用手摀住嘴巴、情緒潰堤，不再是那個外表俐落的女人了。坐她旁邊的警察接著開口說話，都是一些我聽過上百遍的東西。

「泰迪當時穿著穿脫式的尿布和一件 T 恤，上面有像這樣的冰淇淋圖案，手裡可能拿著一條藍色的毛毯。」

媽靠在爸的肩膀上，爸也摟著她，兩個人在沙發上抱著彼此。

我悄悄上樓、走進浴室，然後開始洗手。我覺得身體虛弱，腦袋也使不上力。我盡量搓出許多肥皂泡沫，抹上每一寸皮膚，但是感覺依然不對，一點都不乾淨。所以我沖掉泡沫，又試了一次，可是不乾淨的感覺還在，所以我又洗了一次，然後再一次、再一次。我停不下來，最後總共洗了二十七次。我聽到樓下的電視被關掉，所以趕緊爬上床，以免被爸媽看見。

血痕

　　隔天，媽跟我說的第一件事就是他們發現了泰迪的血跡，就在克勞蒂亞交給警察的藍色毯子上。

　　克勞蒂亞跟警察說，當時她正要出去遛狗，但是法蘭基被車子底下的東西吸引過去，一開始她以為只是一條破布，但是當她從輪拱裡拉出來的時候，就知道那是什麼了，因為她隱約記得，泰迪失蹤的那個下午，開車時似乎壓到了某個東西。那應該就是他的毯子，被捲到了車子底下了。我核對了一下筆記，的確符合她說的情況。

7 月 28 日，星期一，辦公室／育嬰房，非常熱
　　下午 2:39，克勞蒂亞開車經過的時候，跟查爾斯
　　先生揮了揮手。

「不樂觀啊，馬修。可憐的母親。」媽說。

她用衛生紙輕壓眼角，接著擤了鼻涕，然後用手揉捏，就像在捏一顆柔軟的壓力球。我本來準備要去洗手，但是她擋在我的房間門口。

「警察有去牧師宅搜查過嗎？」我問。

「老妮娜？她連一隻蒼蠅都不忍心傷害呢，馬修，為什麼要去查她家呢？她住在鎮上那間高級旅館，你應該知道吧？有超大浴缸跟免費睡袍的那間。」

「誰？老妮娜嗎？」

她翻了一下白眼說：「不是老妮娜，是梅莉莎·道森啦！」媽很常這樣，總是突然轉移話題，我猜是因為她在店裡要同時掌握很多話題的進度。

「這不是有點奇怪嗎？還以為她會想要跟家人待在一起，至少兒子出現的時候可以就近有個照應。潘妮昨天說，她好像怪查爾斯先生沒照顧好泰迪，大概是因為這樣，所以不想跟他待在一起吧。」

我在猜，也許她習慣住旅館，畢竟她的工作得經常出差，說不定她住旅館還比較自在。

洗手的衝動正催促著我，某種致命的病菌可能早就從手腕往上蔓延到手肘了，這樣離我的肩膀、脖子和嘴巴也就不遠了，一旦跑進嘴裡……嗯，我差不多就玩完了，到時候存活機率幾乎是零。

樓下傳來爸在玻璃屋發出的哐噹聲，不曉得在做些什麼。媽看起來並沒有要離開，而且還靠了過來。我迅速的往後退，

心臟怦怦跳，壁紙獅也從角落發出低聲咆哮。

「爸不在這裡。」

我的呼吸變得又短又急，簡直就像氣喘。

「馬修，你還好嗎？你真的該去晒晒太陽，一直待在這裡讓你愈來愈沒有活力。」

有人在放九〇年代的西班牙流行曲〈瑪格蓮娜〉，媽皺起眉頭，我們都想知道是誰在放這首歌。這時爸往樓上大喊。

「席拉！妳的手機又響了！」

媽的表情變得興奮。

「應該是潘妮，我待會再過來。」

洗完手後我回到房間，從窗戶看爸在做什麼。草地上有一堆舊油漆桶，他從儲藏室踉蹌的走出來，拿著一支滾筒刷和一個髒兮兮的黑色塑膠托盤，他拿起最上面那桶油漆走回屋裡。

我記得當爸感到無助的時候，就會開始裝修家裡，這是他讓自己保持忙碌的方式。卡倫死後他休了兩個星期的假，把廚房、客廳、玄關和他們的房間粉刷了一遍，而媽則是用整理閣樓來面對這件事。她在閣樓待了好幾個小時，我站在梯子底下，看著她自顧自的翻箱倒櫃。有一、兩次她獨自爬上去，沒開燈也沒有發出聲音，我想她應該是整理完了，想要在黑暗中安靜的坐一下。

隔壁的除草機啟動了，查爾斯先生清理完泰迪和凱西留在草地上的玩具，把它們像垃圾一樣堆在儲藏室旁邊。他站在露台邊啟動除草機，把手伸直並推動那台橘色的機器，所經之處留下了一條淺綠色的痕跡。當他迴轉、面向屋子的時候，查爾

斯先生舉起了長滿肝斑的手對我揮舞，臉上帶著微笑。

7月30日，臥房，非常熱，多雲
　　上午9:35，查爾斯先生在除草，看起來有點開心，
這樣子正常嗎？

　　當查爾斯先生的除草機來到池塘邊緣的時候，他小心翼翼的把除草機打開又關上，隨時調整刀片高度，以免傷害那邊的植物。除完最後兩趟之後，他走回露台，並在碰到露台邊的最後一刻俐落的關掉電源。他把手朝後伸展，又回頭看我，臉上還是掛著詭異的笑容。他伸出一隻手指，好像在說「在那等我一下，小伙子」，然後就奔向廚房，留下正在降溫、發出劈啪聲的除草機。我的肚子劇烈攪動了一下，感覺有點不對勁。他雙手各拿了一杯透明又冒泡的東西、走進陽光底下，那看起來像是檸檬水，我心跳加速。他走近我們院子之間的柵欄，一隻手對我舉起飲料，杯子在陽光底下閃閃發亮，難不成他覺得我在這裡就拿得到？我盯著他看，然後聳聳肩，不知道該怎麼辦。他把其中一杯放在露台的戶外桌上，招手要我下去跟他一起喝，而另一隻手還是把檸檬水舉得高高的，好像那是某種獎盃，正等著我過去領獎。

　　「這個『離開房間獎』的得主是……」

　　查爾斯先生的笑容開始變得僵硬。我搖搖頭、離開窗戶邊。我發現他馬上變臉，他收回眼神，表情陰險扭曲，然後暗自咆哮了些什麼。我從來沒有見過他那樣的表情，猙獰又充滿

惡意。我趕緊把窗簾拉上。

「你看見了嗎，獅子？你有看到他的表情嗎？」

我望向壁紙獅，牠的視線落在窗戶上，我瞬間意識到自己做錯了一件事——我太用力拉窗簾了，皺褶裡的病毒和死亡威脅全都蜂擁而出，瀰漫在整個房間，如果不趕快採取行動，過不了多久，房間就得進行全面消毒了。我閉上眼睛試著忽視那些病菌，但是我卻聽見它們用髒兮兮的腳爬上了牆壁和天花板。我坐起來揉了揉眼睛，深呼吸之後伸手去拿清潔工具。

★　★　★

我的收件匣裡有兩封未讀信件，都是湯姆寄的，我曾經最要好的朋友。

寄件人 湯姆・艾倫
收件人 派對群組
主旨 邀請函

地點：我家
活動：烤肉！！！
時間：8 月 9 日星期六，下午 3:00
理由：夏天！
敬請回覆！（記得帶朋友來）

信件底下有一排黃色貼圖在做各種不同的事情，像是彈嘴

脣、眨眼睛或轉圈圈。我點開他寄的另一封信。

寄件人 湯姆・艾倫
收件人 馬修・柯賓
主旨 邀請函

嘿，老兄！！！最近怎麼樣啊？超久沒看到你耶！！！我聽說你家隔壁的小孩失蹤了，真是太悲慘了！！！（他在這裡放了一個哭臉的貼圖）希望可以趕快找到他！！！
放暑假真是令人開心，很棒吧？希望你能來烤肉！我知道最近好像跟以前有點不一樣，但是如果你想要出去玩或什麼的，隨時找我！！！

　　我覺得有點丟臉。不知道為什麼，不用驚嘆號他似乎就不會寫信了。他在「不一樣」這個詞旁邊放了一個笑臉，但是看起來卻像是在憋尿。很顯然，我跟學校脫節太久，連最要好的朋友變成白痴都不知道。

寄件人 馬修・柯賓
收件人 湯姆・艾倫
主旨 邀請函

嗨，湯姆，
謝謝你的邀請，聽起來棒呆了！

（我勉強用了一個驚嘆號來配合他。）

不過很可惜，我大概沒辦法去烤肉了。自從泰迪失蹤以後，很多事情都有點失控。到處都是警察，對面的人找到了他的毛毯，他們今天早上還發現了他的血跡。

　　我停在這裡，突然想起一件事情。我望向窗外，看到坎朋警官站在隔壁，他不斷踮起腳尖，彷彿有根看不見的繩子在操縱他。我快速跑下樓、打開前門，門前階梯的乾淨程度看起來並不適合光腳踩上去，所以我用手指指尖勾著門框，把身體探出門外。

　　「坎朋警官！」

　　他心不在焉的看著對面，強忍著打呵欠的慾望。

　　「嘿！坎朋警官！」

　　他皺起眉頭四處張望。

　　「我有事情要告訴你，是關於泰迪的事！」

　　他朝我們家與查爾斯先生家花園之間的柵欄衝了過來。

　　「什麼事？你有看到可疑人物，對吧？我就知道……」

　　我以一個奇怪的姿勢掛在門邊，手指開始有點痛。

　　「不，我沒有看見什麼人，是血跡，他們在毛毯上發現了血跡，對吧？泰迪在玩玫瑰的時候被刺傷了，我剛剛才想起來，我之前沒有把這個寫下來。」

　　他不斷轉頭查看，確認沒有人鬼鬼祟祟的躲在一旁。

「你怎麼知道？」

「因為我正在看他啊，那時候他在拔花瓣，然後手臂被刺到流血，他就用毛毯去擦，你懂嗎？那個血跡並不是因為有人傷害他。」

坎朋警官盯著我，我則是等待他的反應。

「手臂哪裡？」

我現在很可能會跌出門外。

「在他的前臂，右手。我得進去了。」

我把上半身拉回屋內、關上大門。我知道很快就會有警察來敲門，然後用十種不同方式問同一個問題。爸在玻璃屋裡用滾筒粉刷窗台底部，那張撞球桌上蓋著一條沾有汙漬的舊卡其布。

「怎麼啦，馬修？」他大喊。

我走向玻璃屋，在布滿無數病菌的亮白磁磚前停了下來。

「我想起一件事情，所以就跟隔壁的警察說了。泰迪在院子裡玩的時候刺傷了手臂，毛毯上的血大概就是那樣來的。」

「那警察怎麼說？」

我聳聳肩，爸嘆了一口氣。我知道，我常常從窗戶觀察別人總是讓他覺得很不好意思，他寧願我去打電動，或是做些「正常」的事情。

「把那支刷子遞給我吧，兒子，我要把這些邊邊角角都刷一下。」

角落有支黑色的扁刷，放在幾張報紙上面，只要伸手就拿得到。於是在不踏上磁磚的情況下，我以一個奇怪的姿勢把手

伸過去，然後用食指和拇指拎起。我打死都不想走進奈吉的嘔吐遊戲區，可是爸顯然沒有要走過來的樣子，所以我就拿著刷子僵在那裡。

「快啊，馬修，幫我拿過來，我還有很多事要做。」

爸看著我，手裡拿著滾筒；我也看著他，手裡拿著刷子。我們就像兩個怪牛仔，等著看誰先拔槍。就在我考慮要把刷子丟過去然後逃跑的時候，門鈴響了。

「我去開門！」

刷子喀啦一聲掉在地上，我逃向門口。坎朋警官站在門階上，旁邊還有一位身穿西裝、在梅莉莎·道森哭倒時安慰她的男人。

「馬修·柯賓？我們可以進去談談嗎？」

我後退讓他們進來，這時爸媽也出現了。

「柯賓先生、柯賓太太，你們的兒子說他想起了泰迪失蹤當天的一些事情，所以我們來問他一些問題。」

我們沉默的走進餐廳。

「大家都來杯茶吧？」媽說完，從櫥櫃裡拿出幾個馬克杯，雖然沒有人說好，她還是把水壺注滿。穿西裝的那位警察說他是布萊德利犯罪偵查官，並給了爸一張名片。他問的大多都是以前就問過的問題，像是我怎麼會從窗戶看到那麼多事情？我為什麼會從窗戶往外看？我有注意到泰迪是一個人嗎？然後他把話題移到血跡，他流了多少血？我真的親眼看到血滴在毯子上嗎？我有看到泰迪用毯子把血擦掉嗎？他都流血了，怎麼沒有大喊外公？

「我不知道，他就看了一下傷口，然後繼續手邊的事。他其實還滿堅強的。」

偵查官抬起頭，露出困惑的表情。

「為什麼你會這麼說呢？」

我好像聊得有點起勁。

「喔，因為他被推進池塘裡的時候，看起來也不太驚慌……」

我緊緊的閉上了雙眼。偵查官看了坎朋警官一眼，他聳聳肩。

「什麼池塘？誰把他推進池塘？」

正在準備泡茶的爸媽停了下來，大家都盯著我看。一陣沸騰聲之後，水壺的加熱鍵跳了起來。

「他們來這裡住的第二天，凱西把泰迪推進查爾斯先生的池塘。他的頭先栽下去，凱西就站在旁邊看。」

偵查官抹抹臉，手摩擦鬍碴時發出了聲響。他昨天沒有鬍碴的。

「你也是從窗戶看到的？」

我點點頭，這時媽突然開口。

「應該是他房間裡的那扇窗戶，那扇窗朝向房子後側，可以看到後院。對吧，馬修？」

我點點頭，有種不安的感覺。有一團邪惡的東西從櫥櫃縫隙裡冒出，我覺得喉嚨一陣緊縮，然後咳了一下。

「嗯，我們等會需要去看一下。後來發生什麼事呢？當你站在房間看著一個小孩快要溺死的時候。」

沉默籠罩著廚房，我咬著嘴脣，眼眶充滿淚水。我準備開口回答，但是爸搶先了。

「偵查官，請你理解，我兒子馬修最近因為某種心理壓力正處在沒有辦法出門的狀態，你可能覺得他有一點古怪，但是你知道在一所三千人的學校裡就有二十位這樣的學生嗎？」

我對著爸露出微笑，布萊德利偵查官則舉起雙手。

「我只是想要確認那個孩子為什麼會處在危險當中，還有為什麼旁邊似乎沒有大人看著他。我並不是在責怪你兒子，柯賓先生。」

「我不是什麼都沒做，」我的聲音有點兇，「我跑到前面對查爾斯先生大喊，因為他在對面跟潘妮和戈登聊天。等他跑回池塘的時候，凱西已經把泰迪拉出來了。」

布萊德利偵查官想要開口，但是我的聲音蓋過了他。

「查爾斯先生沒跟你說這件事不是有點奇怪嗎？你不覺得當大家都在忙著找他外孫，他今天卻在院子裡除草很詭異嗎？」

我的音量愈來愈大，直到我發現自己根本是在對他大吼。這種感覺還不錯，而爸對我眨眨眼的時候，感覺又更好了。

布萊德利偵查官不悅的看著坎朋警官。

「你竟然沒有阻止他除草？」

坎朋警官看起來很驚訝。

「我……我不知道他在……我有聽到除草聲，但是以為是隔幾間的鄰居，我……」

他們開始討論崗位上的人員調度，然後坎朋警官拿起無線

電開始吩咐事情。媽在角落跟爸低聲討論的時候，又把水加熱了一遍。

「我就覺得她有點怪怪的，你有看到她的眼神嗎，布萊恩？還有那個詭異的娃娃？哎呀，我都起雞皮疙瘩了。」

「拜託，席拉，妳不能因為這樣就懷疑她跟泰迪失蹤有關。」

我跑上樓，在浴室不停的洗手。當我用熱水沖洗最後一次時，聽見警察離開、關上大門的聲音。我站在樓梯間，看見櫥櫃裡那團東西從廚房爬了出來、在地上滾動，伏著身子慢慢爬上樓梯。

CHAPTER 19

潘妮・蘇利文

　　陽光在房間地毯上映出了一條條搖曳的光帶，我覺得渾身不舒服，需要把所有東西擦拭一遍。鉛筆、書、椅腳、燈泡、牆壁，全部都要。我要從牆壁頂端開始，一路往下到牆角，然後再對付比較小的東西。我戴上手套，開始行動。

　　我站在床上，開始用沾滿抗菌清潔液的抹布擦拭牆壁，待會還要更換腳下的床單。我以前都沒有注意到，壁紙獅竟然有一隻耳朵，牠真的有，一隻小小的三角形耳朵從打結的鬃毛裡探出來偷聽。

　　「梅樂蒂說我很寂寞，」我跟牠說，「真誇張，而且她還蒐集悼念卡，太變態了吧？雖然她幫我買手套，但……這還是很離譜吧？」

　　壁紙獅的臉散發出光芒，下垂的眼睛也變得炯炯有神，牠正在享受洗澡的感覺，幾乎笑了出來。

我突然停下來看著牠。

「萬一被她知道了呢？萬一她看到我寫的紙條，發現是我害死卡倫怎麼辦？」

壁紙獅繼續微笑，我想像牠甩甩鬃毛，空氣中滿是細小的水滴。

外面傳來一陣聲音，我看見潘妮拿著馬克杯喝了一口，她站在露台上跟查爾斯先生說話。我走下床把清潔用具暫時放到一邊、拿起筆記本。

潘妮在隔壁跟查爾斯先生說話，不時拍拍他的手臂。

查爾斯先生說要去拜訪他妹妹幾天之類的，然後家裡的電話響了，他就搖搖晃晃的跑回去接。潘妮看著他回到屋裡，一邊沿著草坪走到查爾斯先生堆在儲藏室旁邊的玩具堆。她搖了搖頭，又看一看那堆玩具，撿起一個剛剛被她弄到地上的紅色小水桶，幾台泰迪的塑膠玩具車從裡面掉了出來，她伸手拿了一台橘色小推土機，仔細研究一番之後，讓它的輪子在手臂上滾來滾去。

「她在做什麼啊？」我說，並往窗戶靠近一點。

她看著車子底部，用大拇指撥了一下每個輪胎，這時查爾斯先生走回來了。

「怎麼了？什麼事啊？」潘妮說，查爾斯先生用手摀著臉。

「我女兒……不想再跟我有任何關係……說都是我的錯……」

他哭了起來，潘妮用一隻手摟摟他，兩個人一起慢慢走回屋子裡。她試著用單手拿好馬克杯跟玩具，但不小心灑了一點茶在草地上。

> 潘妮拍了拍啜泣的查爾斯先生。「他是個多可愛的孩子啊，」查爾斯先生說，「我真不希望他受傷，他是這麼這麼的可愛。」潘妮不再輕拍查爾斯先生的背，而是輕柔的撫摸著，並把頭靠在他的肩膀上一下子。「我知道，我知道，」她說，「他是個很有趣的小傢伙。」

我寫完筆記之後抬頭來看他們，發現潘妮正看著我。我擠出一個勉強的微笑，但是她已經把頭別了過去。

★　★　★

自從卡倫死了以後，潘妮‧蘇利文就不再喜歡我。

在我出生之前，我的祖父母跟外祖父母就過世了。在媽的眼裡，潘妮似乎就是母親的角色。我小時候很常看到她，她都會告訴媽要煮什麼菜、要買哪些東西。她是《哈靈頓居家妙方》的地區業務，這間公司總是保證可以「用各種居家必備好物來進化你的家！」媽超愛他們的型錄，每個月都會陷入一陣狂熱，由衷的讚嘆一些我們完全用不到的新奇小物。

爸就不太喜歡潘妮，認為她太強勢，我想他也不喜歡媽這麼依賴她。某個聖誕節，媽不曉得該買哪一種聖誕樹，於是就問潘妮。

「一定要選假樹，席拉。如果放一棵真的樹在家裡，到了八月時妳還要清理樹葉。哈靈頓下個月會出一款漂亮的人造北歐雲杉，擺在窗邊就會像圖片裡的一樣完美。」

那一年，爸想要換換口味買一棵真的樹，但是媽並不想違背潘妮的意思。

「她比較有經驗啊，布萊恩，她這麼說都是有道理的。」

「有經驗？她就是個愛管閒事的醜老太婆，總是覺得自己是對的，都不會好好了解別人的想法，難怪她兩個孩子都躲得遠遠的……」

但是媽不這麼想，當她趕去醫院生卡倫的時候，在慌亂之中她所撥的號碼也是潘妮。當時潘妮穿了一件有很多明亮顏色的毛茸茸上衣和牛仔褲出現在我們家，手裡的大包包裝滿了各種益智遊戲，那是我第一次看到她穿得這麼休閒。戈登就跟平常一樣跟在她身後，用手臂夾著一卷報紙。整個下午和晚上，她都在教我玩猜單字、攻城掠地，還有海軍棋，這些都是紙筆遊戲，還有她的孩子小時候玩的桌上遊戲，像是彈珠大挑戰和跳棋；戈登則是坐在爸的扶手椅上玩填字遊戲，只要潘妮跟他說我玩得很好，他就會抬頭看一下。

「他學得好快啊，戈登！哪像傑瑞米，總是抓不到這些桌遊的訣竅，對吧，戈登？」

戈登隨便嗯了一聲後把報紙往旁邊一甩，繼續瞇起眼睛投

入填字遊戲。

隔沒多久，我就會問一下弟弟出生了沒，我當時非常興奮，無法理解為什麼要等這麼久，但是潘妮只是說：「這種事都是需要時間的，馬修，需要時間。」

玩遊戲的時候，我一直伸手去摳右邊眉毛上的疤，這讓潘妮很不高興。

「摳摳摳，不要再摳了，馬修！你再摳下去會有疤痕的，知道嗎……」

晚餐時，她做了燉豆吐司，我們都圍坐在餐桌旁等待消息。我從來沒有見過有人像她這樣小心翼翼、小口小口的吃東西，所以我也坐得比平常更挺，並且確保用正確的方式拿叉子。

「潘妮，妳覺得他的頭髮會是金色的呢，還是跟我一樣是棕色的？」

「我不知道，馬修。快點吃。」

摳、摳、摳。

「說不定他連頭髮都沒有耶！妳的小孩有頭髮嗎，潘妮？他是男生還是女生？」

摳、摳、摳。

「我有一個兒子叫傑瑞米，還有一個女兒叫安娜，他們都有頭髮。別再摳那個疤了，乖。」

我用叉子多挖了三口豆子，然後放下餐具。戈登起身把盤子放進水槽，不發一語的晃去沙發，接著我就聽到了電視的聲音。

「妳的小孩呢，潘妮？他們住在這附近嗎？」

摳、摳、摳。

「不，沒有。因為某些莫名其妙的理由，他們都搬去國外住了。傑瑞米住在巴西，安娜在紐西蘭。」

我張嘴望著她。

「哇，紐西蘭好遠喔，他們會回來看妳嗎？」

她搖搖頭。

「喔。潘妮，莫……莫名其妙是什麼意思？」

「就是難以解釋或讓人無法理解的意思。」

她看著一臉茫然的我。

「就是他們都太笨了，不應該出國的意思。要是他們都聽我的，不要那麼固執的話日子就會快樂多了。你趕快吃。」

她臉色漲紅，嘴脣緊緊的抿在一起。我靜靜的多吃了幾口，然後又伸手摳我的疤。

「潘妮，傑瑞米跟安娜是不是沒有很喜歡妳啊？」

砰！潘妮用力拍桌。

「馬修，叫你不要再摳那個鬼東西了，你想要讓每個人都知道你做過什麼蠢事嗎？」

我的柳橙汁從杯子邊緣灑了出來，濺到我的吐司上。潘妮拿起刀叉繼續吃，好像什麼事都沒有發生過。

我努力眨眼讓眼淚趕快消失，然後跟她說我吃飽了，她便同意讓我離開餐桌、回到房間。

等我聽見爸開車回來的聲音時，外面已經是黑漆漆的一片，我偷偷溜下幾階樓梯，靜靜的坐在那裡。潘妮打開門，爸

從行李廂拿出兩個旅行袋，一袋是媽的，一袋是為了小寶寶所準備的東西，裡面的白色小衣服都還沒動過。媽直直的迎向潘妮張開的雙臂，但當她踏進玄關的時候卻腿軟了，彷彿掉進流沙一樣，緩緩的沉到很深很深的地方。潘妮跪在旁邊抱住她、摸摸她的頭髮，輕輕的搖晃著哭泣的媽。

「沒事了，讓他去吧……沒事的……我都在，潘妮都在……」

我回到樓上、走進浴室，把門鎖上之後開始洗手。我知道這都是我的錯，如果可以把手上的細菌都洗掉，就不會害到別人了，所以我要好好掌控一切，像個大男孩一樣，就是這樣。這就是我要做的。

就是從那個時候開始的。一開始我都偷偷的做，幾年來，我偷偷溜到浴室不停洗手都沒有被發現，但是當漢娜跟詹金斯先生向大家宣布他們即將有孩子的那一刻起，我的狀況就急轉直下。

幸好，沒有人回過頭去探究我做這件事的原因，不然這其實還滿簡單的。

我洗手是因為卡倫死了，而卡倫會死則是因為我。

CHAPTER 20

出現目擊者

「出現在新聞底下的叫什麼，布萊恩？是走馬燈嗎？」

爸停下手邊的裝修工作，正在看新聞休息一下。

「那個叫跑馬燈，不是走馬燈。」

媽剛才叫我們到客廳，說潘妮傳訊息告訴她新聞播了泰迪的最新消息。我在地毯上走來走去試著放鬆，手上的關節因為不斷洗手而破皮流血，看到血讓我很慌張，所以只好不斷洗手，卻又流了更多血。我就像一隻小老鼠，不斷在滾輪上亂跑。

「別再走來走去了，馬修，我頭都暈了。」

我們緊盯著電視，爸一直不耐煩的發出嘖嘖聲，說怎麼還不趕快播。

「潘妮總是在探聽別人的事情，妳確定她說的是真的？」

媽滑起手機，尋找剛才的訊息。

「你們看，開始了！」我說。

媽丟下手機，一把抓起遙控器、把聲音調大，儘管那只是跑馬燈上的消息。爸大聲唸出那些移動的白色文字。

「新聞快報：失蹤的泰迪‧道森昨天疑似被人目擊與一男一女在哈維奇搭乘渡輪，荷蘭與英國警方正密切合作。」

跑馬燈結束後，爸又回到玻璃屋繼續刷油漆。

「看吧，」他說，「我就說他們會找到他。到處都是監視器，再過不久他就會回家了，一定會。」

媽關上電視後走到廚房，我也跟了過去，在磁磚前停了下來。

「那就太好了，說不定我們可以來辦個派對？我來問問潘妮，她最喜歡安排這種事情了。」

就在媽準備把碗盤放進洗碗機的時候，門鈴響了。

「馬修，幫我開門好嗎？」

我走到玄關，認出了毛玻璃後的那個身影，那個人穿著黑色衣服和粉紅色夾腳拖。她又按了一次門鈴，我沒有理她就往上樓跑。

「馬修，你怎麼不開門啊？」媽一邊喊，一邊打開門。

我在房間裡走來走去，思考著是不是該躲進浴室、鎖上門，然後房門就被推開了。我環抱雙臂站在窗邊。

「嗨，馬修。」

梅樂蒂綁著馬尾，眼睛看起來有點腫，還有黑眼圈。她抱著一本咖啡色的大相簿，應該是要給我看的，我有種不祥的預感。

「我覺得我們要好好談談。墓園的事你一定覺得我瘋了，但是我沒有，好嗎？泰迪失蹤之後很多事情都變得亂七八糟，如果你可以好好了解我，而不是用你自己的眼光來看我，我想我們會是好朋友。」

她的臉頰漲成了粉紅色，這番話肯定是她事先準備好的。她正在等我回答，不安的到處亂看，同時消化她所看到的東西。角落傳來一陣低沉的獅吼，小聲得幾乎聽不見，我抬頭看著壁紙獅。

外面有東西吸引了梅樂蒂的目光，於是她走向窗戶。

「查爾斯先生在澆花嗎？」

我往外看，那位老先生正用水管灌飽花床。

「外孫失蹤了還有心情澆花喔？」梅樂蒂說。

我們看著他在花園裡移動，一次跨一步，梅樂蒂把頭靠在旁邊的牆上，我瑟縮了一下。

「梅樂蒂，我想妳應該回去了。我有事情要做，其實是有很多事要做。我也不喜歡有人進到我的房間，妳記得吧？我跟妳說過的事？」

她繼續盯著查爾斯先生。

「你知道嗎？如果把水管往某個方向噴，太陽又剛好在對的位置，就可以看到彩虹。」

我看見那些水滴被太陽照得閃閃發亮，但是沒有看見什麼顏色。

「以前我爸還住在這裡的時候，就弄了一次給我看。他說：『如果看得夠仔細，就會看到每件事情都有它美好的地

方。』不過我是不太相信啦，你呢？」

她轉頭面向我，我手上的傷口正劇烈抽痛，我想過不了多久，我就得跟媽要止痛藥來吃。

「梅樂蒂，我真的希望妳可以離開，拜託？」

她不但沒有離開，還露出嚴肅的表情，並且搖搖頭。

「不，我不會走。我不會待很久的，而且這件事很重要。」

她踢掉夾腳拖、盤腿坐在我的被子上，簡直把這裡當成自己家。

我覺得很不舒服。

「妳……妳沒聽見我說的話嗎？請妳離開，而且妳不覺得腳上長疣應該要穿上襪子嗎？」

我走向窗戶、走向房門，再走向窗戶，然後回到門邊。她的頭也跟著我一起轉動，就像在看一場來來回回的網球比賽。

「很快就好，」她說，她把相簿放在大腿上，並深深的吸了一口氣。「如果跟你解釋我為什麼要從墓園蒐集那些卡片，你就會懂了。」

她把垂下來的頭髮塞到一隻耳朵後面，用黑色的眼睛看著我。我強迫自己在抽屜櫃前停下來，當她說話的時候不斷在腦中重複：這些都可以清乾淨……這些都可以清乾淨……這些都可以清乾淨……

「大家留在墓前的卡片和禮物，幾天之後就會被教堂的人清掉，他們都知道，也覺得這樣沒什麼，並不打算把它們拿回來。我只是在這些東西被丟掉之前把它們拿走。」

我皺起眉頭說：「很棒，我知道了。現在妳可以離開了吧？」

她把下巴靠在相簿上，完全忽略我說的話。

「你也知道，在我爸搬走之前，我都會偷偷跑去墓園，逃離那些大吼大叫。有一天，我看見地上有一張悼念卡，上面有腳印，我就把它撿起來，上面寫『親愛的瑪麗，妳不在了，我的心也空了。愛你的傑克。』我把那張卡片帶回家，用暖氣烘乾之後收藏起來。那些字真是令人心碎，可是卻被當成垃圾一樣踩過，我覺得不應該這樣。那就是我的第一張卡片，後來我就開始蒐集了，我不忍心讓它們就這樣被丟掉，所以盡量撿起來收好。」

她深吸了一口氣，把相簿遞給我，她的臉又漲紅了。

「你看一下好不好？」

咖啡色的相簿懸在我們之間，我把雙手揹在背後。

「呃，妳可以幫我打開嗎？」我問她。

梅樂蒂遲疑了一下，聳聳肩之後把相簿放在床上、翻開了第一頁。我靠上前去，那本相簿是活頁本，每一頁都嵌了塑膠片——有各種大小的口袋可用來收藏卡片，像是明信片、古董香菸圖卡之類的，只不過這些卡片上面印的是白鴿、花束和十字架。我仔細看了第一頁。

> 願你安息，希洛叔叔，我們永遠想念你。
>
> —— 愛你的莎拉與約翰

好好睡吧，親愛的。　　　　　　　　—— 克莉絲汀

永遠想妳，我的甜心。　　　　　　　—— 你的法蘭克

有一張還是小孩子寫的：

爺爺，你打呼好大聲，我們都在大笑！希望你在天堂過
得很好。　　　　　—— 愛你的凱蒂、小貝和約書亞

梅樂蒂看著我，慢慢翻頁的同時也觀察我的反應。我的喉
嚨像是被東西卡住了一樣，一句話都說不出來。然後我認出了
一張卡片上的字跡。

「等一下。」我說。

上方角落有一張卡片，是藍色泰迪熊坐在一個白色十字架
旁邊，下面有藍色的字寫著：

小寶貝卡倫，雖然我們沒機會看你長大，但是我們每天
都愛你。　　　　　　　—— 媽咪、爹地和小馬

我的眼眶充滿淚水。我知道媽有時候會去看他，但是我不知道她有寫卡片。

「這張是從哪裡拿的？」我說，並指著那張卡片。

「小天使那邊，教堂門口附近有個很大的白色小天使。怎麼了？」

「沒什麼。」

「是我，他會死都是我的錯」這句話在我的舌尖翻滾，但是我馬上把它吞了下去。顯然她並不知道那是我弟弟，我也沒看到我說對不起的那張紙條，大概是不見了，或是被教堂的人丟掉了。梅樂蒂拿起相簿、抱在懷裡，這讓我放鬆了一點。

「所以，你覺得怎樣？」

我嘆了一口氣。

「是有點怪啦，老實說。」

她皺起眉頭，低頭看到我的手之後站了起來。

「噢，我想起來，你還沒有給我買手套的錢。」

我們互看了一眼，她露出微笑，知道自己提了一件我也認同的事。

「我覺得，這些卡片被丟掉應該也不是件壞事吧，」我說，「還有……妳一定很難過，關於妳爸離開什麼的。」

她咬著上唇並點點頭。

「算了啦，」我說，「雖然我不太認同，但是如果沒有人對此不高興，我的想法其實也不重要。」

她露出笑容，說：「很好，爭論這個也是浪費時間。你知道有人說他看到泰迪嗎？」

「我知道，但是也許不是他。」

梅樂蒂點點頭：「我也是這樣想，我們得繼續調查，小馬，你有發現什麼嗎？」

我跟她說，我離開墓園的時候看見老妮娜試著要拿掛在樹上的白布。

「不管那是什麼，她都非常想要拿到。」

梅樂蒂皺起眉頭。

「還有，她窗前的燈是怎麼回事？」她說，「都不亮了耶！你有看到嗎？這是不是代表什麼啊？」

我聳聳肩，很高興她也注意到那盞燈被關掉了。

「不知道，我也在思考這件事。泰迪失蹤之後就被關掉了，這是巧合嗎？」

「好吧，」她說，準備起身採取行動，「我會去看看她樹上的東西，然後你試著弄清楚那盞燈是怎麼回事。你爸媽在這裡住得比我媽還久，說不定他們會知道些什麼。」

我點點頭，她對我露出微笑。

「你沒事的，馬修·柯賓，你可能需要放輕鬆一點，但是我們會合作愉快的！」

說完，她送給我一個飛吻，然後離開房間。

老妮娜的燈

晚上 10:23，爸把頭探進我的房間，我穿著短睡褲和 T 恤躺在床上，現在的氣溫實在沒辦法蓋被子。

「渡輪上的不是泰迪，」爸哀傷的說，「只是一個有點像他的小男孩，要去荷蘭看爺爺奶奶。」

「那應該是好事吧？」我說，一邊用手肘把自己撐起來，「如果他真的是泰迪，就有可能在全世界的各個角落。」

爸的表情似乎不太同意。

「他現在也有可能在世界上的各個角落。不過別想了，好好睡一覺吧。」他轉身準備離去。

「爸，我可以問你一件事情嗎？」

他走進我的房間。

「為什麼老妮娜總是開著窗邊的燈呢？」

爸摸了摸下巴。

「啊，那其實是個悲傷的故事，真的很悲傷。」他靠在我的書桌邊緣，我躺好後抬頭盯著壁紙獅，同時專心聽他講話。

「很久以前，在妮娜還沒有那麼老的時候，她跟她的先生，也就是牧師，還有和兒子麥可一起去諾福克的海邊度假，那時候她兒子十一歲。」

我看向他：「兒子？原來她有兒子。」

爸點點頭。一定就是那年萬聖節，我跟傑克在她家玄關牆上的照片所看到的男孩。

「麥可出生之後呢，每年他們都會去同一棟別墅度假，在海邊待一個星期。那次旅行的第三天，他們待在一個海灘，麥可就往海邊走了很長一段路。諾福克的地勢很平，退潮的時候海水會退得很遠很遠，根本看不到海岸線，所以妮娜跟她先生都知道兒子要一段時間才會回來。」

「中午時，麥可沒有回來吃午餐，但是他們不太擔心，因為就像我說的，他們離海很遠很遠，想要游泳還得花不少時間走過去，也要走很長一段路才能回來。他們以為沒多久就會看到麥可的身影在地平線上愈變愈大，朝他們走來。」

「一個小時又一個小時過去了，海水開始漲潮，那時候他們才趕快去通知海岸巡邏隊。」

爸停了一下，盯著地毯。

「他們派出一組船一直搜索到晚上，但是都沒有找到麥可。後來他們開著夜車回家，到家之後妮娜打開了窗邊的燈，整個晚上都在等待，可是一點消息也沒有。天亮之後燈還是亮著，他們也忘了要關，等到天又黑了，妮娜看著溫暖的橘色燈

光，決定永遠開著那盞燈，這樣兒子就可以找到回家的路。」

我的身體顫抖著，並拉起被子。

「沒有人知道他發生了什麼事嗎？」

爸搖搖頭。

「沒有。」

「她還在等嗎？這麼多年了還是點著燈等兒子回家？」

爸站起來。

「過了這麼久我想應該不是。現在可能只是某種安慰。」

他抓抓頭髮，然後打了一個哈欠。

「好了，時間不早了，年輕人。你該睡了。」

他走出我的房間，準備關上門。

「今天可以不要關門嗎，爸？」

「當然。」他說，並把門推開一點。

我翻身閉上眼睛，但是滿腦子都是老妮娜玄關牆上那個有雀斑的男孩。我想像他雙腳溼漉漉的走在人行道上，來到那扇古老的黑色大門前，海水不斷的從他溼透了的泳褲滴落到地面上。他會敲響沉重的門環，在他等待時，滴下來的水會在門階上形成一小片積水。老妮娜開門後會興奮得尖叫，然後緊緊擁抱他。她會帶他進門、幫他裹上毛巾和溫暖的毯子。

「媽，對不起，我也沒想到會去這麼久。」

男孩的母親會牽起他的手、放在自己的臉頰邊，深深沉浸在這個站在她面前、美好的男孩身影。

「你回來了！」她哭著說。「你終於回到我身邊了。」

而這一切都是因為她點亮了燈，讓橘色的光引領他回家。

CHAPTER 22

拜訪十一號鄰居

我早早就起床，腦中已經有了計畫。我戴起一雙新的手套，打開床頭櫃最底下的抽屜、拿出裡面的黑色望遠鏡。這是我在四年前收到的耶誕節禮物，從來沒有用過，所以是完全無菌的，很好！

我走進辦公室、跪在窗前，將手肘撐在窗台上並把望遠鏡對準外面。我花了點時間調整焦距，牧師宅的紅色磚牆慢慢變得清晰。我東看西看，那盞燈依舊暗著，原本老妮娜固定在每天早上 10:00 所澆的那些花，早已枯死在門階上。其中一盆無力的倒向旁邊，像是在死前為了尋找水源做的奮力一搏。為什麼她沒有澆花呢？把燈關上是因為她不需要了嗎？是不是找到了什麼來代替她失去的兒子？我把鏡頭對準她房間窗戶角落的一塊三角形區域，然後靜靜等待。

爸開始沖澡，媽經過辦公室門口走下樓，但是沒有注意到

我。我聽見她跟奈吉說話，那隻貓正大聲喵喵叫討早餐吃。二十分鐘之後，爸從浴室出來，同樣沒有注意到我就走下樓。

整整四十六分鐘，我都維持著同樣的姿勢，整整四十六分鐘。我的手臂超麻，我想現在的我大概可以直接站起來，把手臂留在窗前，讓望遠鏡永遠架在上面。當我眨了眨眼試著讓眼睛不那麼乾澀的時候，我看到有個東西快速從窗台上掃過窗簾，我想要把畫面拉近一點，便趕緊轉動鼻梁上的小滾輪，但是視線反而變得模糊，我往反方向轉，畫面再度恢復清晰。接著我又看見有東西閃到一旁，接著又閃到另一邊。無論那是什麼都非常快速，絕對比一個老太太的速度還要快。我的手開始顫抖，深呼吸之後，我專心緊盯窗簾的縫隙，希望可以再觀察到一些動靜，結果卻看見厚重的窗簾被一隻又老又白的手拉上了。我掃視了整間屋子，但是沒什麼發現。我往後坐在地上，心臟劇烈的在胸口搏動。

「我找到他了。」我大聲說，「我知道是誰把他帶走了。」

我跑進浴室，脫下手套後用了很多很多熱水和肥皂洗手，完全不管手有多痛。我急促的呼吸著，但是這次是因為興奮而不是焦慮。我的臉也緊繃了起來，映在鏡子裡的是一張大大的笑臉。我暗自笑了出來，戴上一雙新手套後趕緊換衣服、跑下樓，然後盡可能忽略自己現在的動作，接著快速走出家門前往查爾斯先生家。

我用手肘敲門，並站在玫瑰叢旁，這就是泰迪不久前拔花瓣的地方，我的腿開始顫抖。查爾斯先生穿著睡袍前來應門。

「查爾斯先生！請你找人去牧師宅看看，她把泰迪關在那裡！」我說，但是好像有點太開心了。

他並沒有笑。

「抱歉，馬修，你在說什麼啊？」他走出門外，並把門微微掩上。查爾斯先生左顧右盼，但就是沒有看我。

「是老妮娜！她把泰迪帶走了！」他環抱著雙手。

「為什麼你會這麼認為呢？」

「我看到有東西在她房間。」

我指向那個被樹擋住的窗戶，查爾斯先生望了過去。

「什麼？你看見什麼？」

「我……我看見有東西從那扇窗戶閃過，小小的、動作很快。」

我笑著，但是查爾斯先生卻皺起眉頭。

「那是泰迪嗎？那個一閃而過的東西是我外孫？」

我聳聳肩。

「應該是吧，我……我不知道……」

這位老先生摸了摸下巴。

「而且她把燈關掉了，」我繼續說，「在他失蹤之後。」

查爾斯先生直直的看著我，表情有點茫然。

「所以呢？」

我感到有點煩躁，只能試著保持鎮定。

鈴──鈴──

查爾斯先生家的電話響了，我試著不去數那個鈴聲，但還是克制不了。

「燈被關掉表示她不再等待失蹤的兒子回家了，而且……她的樹上卡了一個東西，看起來像是泰迪的 T 恤！」

電話已經響了五聲。

「T 恤？」查爾斯先生說，總算有點好奇了。

七聲，已經響了七聲。我搖搖頭，真的不能再數了。

「對！也許吧，我……我不太確定。」

我發現自己應該先等梅樂蒂調查完的。查爾斯先生又開始東張西望，我的身影已經被排除在他的視線之外。

「所以她關了燈，然後有東西在樹上……」

九聲。我用力閉上眼睛。

「你的電話響了，查爾斯先生。」我打斷他的話。

「你從窗戶看到某個東西，但是不知道那是什麼……」

「對，但是小小的，動作很快。還有，她都沒有澆花。」

他盯著我，這股沉默讓電話鈴聲顯得特別大聲。十一聲。這種感覺愈來愈可怕。

「好吧，花也很重要。她忘記澆花了，所以這些事情代表她綁架了泰迪？」

「你不去接電話嗎，查爾斯先生？我……」

我又數了兩聲，現在沒辦法好好說話了。

鈴聲停了。

電話響了 10+3 聲以後就斷了。

我真的得好好專心。

「抱歉，馬修，謝謝你的幫忙，但是這聽起來不太合理啊。妮娜是我的老朋友，她不可能做這種事的。」那個危險的

數字從查爾斯先生的門縫裡竄出來、攻打我，準備掐住我的脖子而且絕不放手，我得把握時間。

「之前她都會為死去的兒子留一盞燈，但是她找到替代品之後就把燈關了。她的花死了是因為她沒有時間澆水……這一切都很合理啊！」

查爾斯先生的嘴微微張開。

「而且她還有個地窖，該死！」

「注意你的用詞！」他嚴厲的說。

13！

13、13、13、13、13……

13！

這些數字在我腦中不斷滾動，就像那天的新聞跑馬燈。

……新聞快報……13、13、13、13、13、13、13、13、13、13、13、13、13……

我在腦中數著。

「你一定要跟警察說！」

1、2、3、4、5、6、7。

沒有用。用七來中和一點用也沒有，我還是擺脫不了那個數字的糾纏，大概是因為我不夠專心。

1、2、3、4、5、6、7。

我盡力將這個數字變成二十，但是 10+3 的恐懼感覺還是揮之不去。這個數字就像一團有毒的煙霧朝我撲過來。

「孩子，我不是在責備你，但是你是不是太閒了？」

他微彎下腰靠近我，頭靠近我的臉旁。那團煙霧跑進我的

鼻孔，我咳了一聲，閉上眼睛再試一次。

1、2、3、4⋯⋯

「你知道我在說什麼嗎？我無意冒犯，但⋯⋯」

1、2、3⋯⋯

「⋯⋯你整天待在家裡，而且⋯⋯」

1、2、3、4、5⋯⋯

「⋯⋯不知道你爸媽有沒有在幫你⋯⋯」

我張開眼睛。

「可以請你閉嘴一下嗎？我正在思考事情。」

1、2、3、4、5、6、7⋯⋯

這位老先生挺起身子。

「你叫我閉嘴？」

「沒⋯⋯我是說，對⋯⋯我只是需要專心思考一下事情，就這樣。」

眼淚在眼眶裡打轉，我準備往家的方向走，同時不斷從一數到七。

「我只是⋯⋯需要好好的想一下事情⋯⋯」

查爾斯先生鬆開了環抱在胸前的手。進屋前，他大聲說：「別再多管閒事了，馬修！」

★　★　★

我回到家的時候，看到媽站在玄關等我。

「馬修，你去哪裡啦？」我沒有看她。

「我只是⋯⋯只是去跟查爾斯先生說了一件事。」這次換

她抱起雙手。

「跟他說什麼？怎麼回事？」

我想不到該說什麼。爸也走了過來，啃著一片吐司。

「我……我說也許老妮娜知道泰迪的下落。」

「你說什麼？」爸露出不可置信的眼神。「怎麼會……」

「因為你說了他兒子的事！」我說。

媽對爸發出噴噴聲：「布萊恩，你該不會……」

「她把他藏在家裡，我發誓！」

我踢掉鞋子衝上樓、甩上房門。

壁紙獅看起來對我很失望，幾乎是羞愧。我把房間清了又清，同時不斷在腦中從一數到七直到中午，我累翻了。

「我知道他們為什麼不相信我，因為他們覺得我很沒用，就是這樣。」我站在窗邊對壁紙獅說。

「才不是這樣呢，對吧？我怎麼會沒用？我可是最後一個見到他的人耶！要不是我，他們根本不知道毯子上的血是怎麼回事。才剛開始而已。」

壁紙獅直直的看著前方，連牠也受不了我了。我看著查爾斯先生儲藏室旁邊的那堆玩具，好像隨時都會被扔進垃圾桶。我到辦公室想記錄一下，但是有個東西吸引了我的注意。

7 月 31 日，星期四，下午 2:03

牧師宅的門打開了，老妮娜帶著購物袋走出家門。

奇怪，她從來不在星期四出門買東西的。

她穿著淺藍色上衣和深藍色裙子，先環顧一下四周，然後快步走到馬路上，繼續前進。

說不定這是我向查爾斯先生還有爸媽證明老妮娜有問題的大好機會。我立刻開始寫信。

寄件人 馬修‧柯賓
收件人 梅樂蒂‧柏德
主旨 快！

老妮娜出門了，妳可以跟蹤她嗎？

時間一分一秒的過去，梅樂蒂沒有回信。她會不會出門了？老妮娜離得愈來愈遠，我有多少時間可以等？

我在辦公室裡走來走去。沒有人發現這有多不尋常，平常老妮娜只有星期五早上才會出門，大約 10:30，然後會在 11:30 左右提著一袋東西回來。我很快的在筆記本上翻找紀錄，確認我的印象沒錯。除了每天早上在門前澆花，還有星期五的日常購物，我從來沒有見過她離開那間屋子。一定是發生了什麼事她才會出門，現在只有我能弄清楚這件事了。

CHAPTER 23

跟蹤老妮娜

　　我沒有多花時間思考，跟爸媽大喊我要出門之後就衝到了馬路上。巷子口的警察和黃色封鎖線都不見了，他們也不再管控進出這條巷子的人。老妮娜出門的時候帶了一個購物袋，所以我只能推測她要往鎮上走。我往右轉，試著找尋她的身影。

　　沒過多久，我就開始走走停停。除了體力不佳以外，天氣真是熱得讓人窒息，路上的車子也吵得不得了，我的頭都跟著這些聲音一起振動了。

　　經過店家時，我突然覺得泰迪正盯著我看。路燈、候車亭、垃圾桶和櫥窗上都貼著「協尋：泰迪・道森」的海報，到處都是，就是記者在鏡頭前展示的照片，他穿著小西裝、眼神呆滯的那張。

　　我像老人家一樣在商店街上邊走邊喘，心臟撲通撲通的跳，但是卻覺得很棒。我做到了！我來到外面，而且真的有在

做事，我在執行調查任務。

　　我透過櫥窗仔細查看經過的每一間店，看看有沒有穿著淺藍色上衣的人。接著，我來到行人穿越道，把戴著手套的手插進口袋，等著別人按下穿越馬路的按鈕。突然間，我看見她了，她就在馬路對面慢慢的走，然後彎腰把袋子放在地上，並按了按鈕。那個袋子往前傾倒，兩球藍色毛線球滾到人行道上，她很快的撿起毛線球、塞回袋子裡。我看見她細細的白髮底下透著粉紅色的頭皮。綠燈亮了起來，我把頭壓低、快速穿越馬路，以免在經過她旁邊的時候接觸到她的視線。公車站牌旁有幾個人在等車，我就在那附近徘徊，並且跟他人保持距離，一邊看著她走進一間報攤。

　　毛線球，藍色的毛線球，是要用來織小孩子的衣服嗎？或許，她打算織個東西取代他的藍色毯子！一位老先生走到我後面，嘿咻一聲把幾袋東西放在地上。他大概以為我在排隊，所以我退開了一點，同時繼續盯著對面。

　　我感到一陣乾渴，也很想洗手，必須盡快洗手。但是我的內心深處有一個微小的聲音告訴我，我做得到，如果我不碰任何東西，也都保持適當的距離，就可以繼續監視老妮娜，並且掌握她綁架泰迪的證據。到時候我就可以衝回家，或是慢跑回家，對，慢跑就好，然後告訴警察，再直接回浴室洗澡，這樣一切就會恢復正常。

　　公車來了，排隊的人開始推擠，我轉身離開，卻一頭撞上後面的老先生，還被他的袋子給絆了一跤。

　　「哎呀，慢一點！幹麼這麼趕呢？」他說，同時舉起了雙

手。我被袋子絆到的時候，臉頰擦到了他髒兮兮的咖啡色針織衫，撲鼻而來的是一陣薄荷、醋味，還有放了很久的鬍後水味道。他的鈕扣附近有一塊橘色的汙漬，看起來像是乾掉的蛋。我穩住腳步，卻不小心把戴著手套的手伸了出來，但是他沒有注意到。

「你還好嗎，孩子？怎麼一副看到鬼的樣子，我是很老沒錯，但還沒死啊！」

他笑的時候，嘴角粘稠的白色口水就像彈力帶一樣被拉開。

「我……我很抱歉，」我一邊說，一邊跨過他的袋子，「真的很抱歉。」

我放棄。這種接觸已經超過我的忍耐範圍了，我需要馬上回家清洗。

「孩子啊，如果你是為了做什麼事而撞上一個老人，那肯定是很重要的事。快去吧！」

他仰頭大笑時，我看見他有顆發亮的金色臼齒，接著我便低頭轉身回家。任務失敗，真糟糕。剛才擦過老先生衣服的那一塊臉頰正在發燙。我的頭很暈，心臟也劇烈跳動著，似乎就快要扯破我的肋骨。我的耳膜也在跳動，喉嚨感覺沙沙的，但是最重要的是，我必須趕快洗手。我需要乾淨的自來水，愈多愈好，還有很多很多肥皂，幾塊包裝完整、沒打開過，無菌的肥皂。

我走到紅綠燈前準備過馬路，老妮娜走出報攤，一本雜誌從購物袋中凸了出來。她往回家的方向前進，但是卻突然停下

腳步，藥局的櫥窗吸引了她的目光，她放下購物袋並靠了過去。老妮娜的腦袋在玻璃櫥窗前緩慢移動，她瞇著眼看著展示品。我則是站著不動，擺出正在等人的樣子。沒多久她就拿起袋子，撥開落在額頭前的頭髮，繼續往前走。

我慢慢跑向那個櫥窗，裡面是一盒又一盒疊成金字塔狀的拉拉褲，上面的小寶寶照片被陽光曬得褪色。我回過頭，看見老妮娜的淺藍色上衣消失在轉角。

CHAPTER 24

哈靈頓居家妙方

「你又出門了呢！真想不到！金魚男孩二度出現在公共場合！」

傑克站在巷子裡的最高處，腳下跨著一輛腳踏車，咧開的笑容讓嘴角幾乎碰到了耳朵，像極了愛麗絲夢遊仙境裡的那隻妙妙貓。我遠遠看見老妮娜走進屋子、把門關上。

「你叫我什麼？」我邁進了一步，然後他把手舉在胸前。

「好啦，怪胎，沒必要大發脾氣吧。」

我試著繞過他，但是他把腳踏車往後滑，擋住了我的去路，就像上次在小巷裡的情況。

「你幹麼戴手套？」他說。

「不關你的事。」我說，一邊把手插進口袋。

傑克抓了抓脖子，抓破了一個傷口，留下微微滲血的紅印。他仔細看著指甲，我趁這個機會趕緊跑走。

「所以，你不也覺得是老妮娜嗎？」

我停下來，轉身看他。

「什麼？」

他露出沾沾自喜的表情。

「我先前才看到梅樂蒂探頭探腦的想偷窺老妮娜的院子，這跟她樹上的東西有關嗎？」

我沒有回答他。

他用手臂抹抹鼻子。

「反正，我不知道你幹麼這麼在意。那個小孩八成是死了，我覺得你跟梅樂蒂在浪費時間。」

「你怎麼會知道泰迪・道森發生了什麼事，傑克。」

有兩位便衣警察在查爾斯先生家前面講話，他們看了我們一眼之後又繼續對話。

「我是不知道，」傑克說，「那你又知道嗎？你是不是知道他去哪裡啦，金魚男孩？」

我的喉嚨一陣緊繃。

「不要那樣叫我。」

傑克大笑了起來。

「拜託，大家都這樣叫你好嗎！你家隔壁的小孩先開始的，泰迪的姊姊。我媽跟我說，她去找警察的時候聽見她這樣叫你，她說：『那個金魚男孩也許知道他去哪裡了。』」

我吞了一口口水。

「所以，你到底從窗戶裡看到了什麼啊？」

我眨眨眼希望自己不要掉眼淚。

「閉嘴。」

傑克又笑了起來，頭抬得高高的。

「你應該很高興才對，你出名了耶！」

他開始學記者講話。

「金魚男孩是最後一位看見泰迪・道森活著的人，這究竟讓他有什麼感覺呢？」

他作勢遞給我一支隱形麥克風，我往旁邊閃了一步，覺得自己幾乎吸不到空氣。我繼續一口又一口的吞口水。

「他沒死！」我對著他大喊，聲音迴盪在巷子裡。其中一位警察伸長了脖子看我們。

「聽著，很抱歉戳破你的幻想泡泡，但是一個小孩失蹤之後，又被人發現他的毯子上有血跡，這肯定不會是好結局吧？人生就是這麼無情，你必須去面對它。」

傑克把腳踏車往後滑，轉動踏板準備離開，而我的腿在顫抖。

「他的手受傷了，所以毯子上才會有血。」我說。

傑克轉回來。

「你怎麼知道？」

「這不是你自己說的嗎，我是最後一個看見他活……看見他的人。他在前院玩的時候刺傷手臂了，血就沾到了他的毯子。這樣有回答了你的問題嗎？」

他做了一個像是聳肩的動作。

「梅樂蒂根本沒有想辦法去拿樹上的東西，她只從柵欄那邊偷看。如果你需要，我可以幫忙，你不是在調查什麼嗎？」

我笑了。

「你？幫忙？你從什麼時候開始想幫助別人了？」

他臉色一沉，然後罵了我一頓。

「我？你好意思說！當別人說我的溼疹會傳染的時候，怎麼沒有看見你幫我呢？每次詹金斯先生叫我魯蛇的時候，你也沒幫忙。沒有人敢坐我旁邊的時候，你有過來坐嗎？你在哪裡？在哪裡啊，朋友？」他用「朋友」這個字來挖苦我，同時眼裡泛著淚光，然後眨了眨眼睛。

我想要說些什麼，但是他舉起手阻止了我。

「算了吧，我一點也不想要有你這樣的朋友。」

他的話真是令人難堪，但都是真的。他用腳背把踏板推上來，然後騎車離開。

十一號外面的警察走進屋裡去了，戈登從一號走出來，拿著一個大箱子。他走到對面，朝我家前進。我家，那正是我現在需要的，我要回家。

我跟著他走到門前，站在後面等他按門鈴，試著找機會鑽過去。箱子上印著「哈靈頓居家妙方」，媽又跟潘妮訂貨了。他用手臂勉強夾著一本最新的型錄，卻不小心掉到門階上。

「可以幫我撿一下嗎？」他說，沒有先跟我打招呼。我看著翻開的那一頁，一位晒成古銅色的男人，手裡拿著銀色的調酒雪克杯對我微笑，看起來簡直是全世界最開心的人。

「馬修？那本型錄。」

我彎下腰用兩隻手指拎起它，已經不在意讓戈登看到我的手套了。這時候爸打開了門。

「啊，戈登，太好了，謝謝你幫我拿過來。」他說，一邊接過那箱東西，並靠在門框上。我想要繞過去，但是他們擋住了門口。

「別客氣，布萊恩，千萬別客氣。抱歉啊，這次有點晚，潘妮比較晚才訂貨，你知道，因為……」他用手摸摸自己沒剩多少頭髮的頭頂，用下巴指向查爾斯先生家。

「如果她需要席拉幫忙，儘管開口。」

「謝啦，布萊恩，如果你需要有人告訴你這些東西怎麼用，就直接找我吧。」他的手指敲了敲紙箱。

「真討厭重新裝潢家裡，但還是得做，不能再拖了，席拉不會放過我的。」

爸搖了搖紙箱，然後笑了一聲。我在門階上動來動去，只想趕快進門洗澡，把所有病菌洗掉。

「不好意思，」我說，然後衝了進去，擦過戈登的手臂又撞上爸抱在手裡的箱子，然後把型錄丟在樓梯上。

「馬修，小心點！」爸穩住身子說。「抱歉，戈登。」

「沒事的，我也該走了，你知道……去找潘妮、回家。」戈登說，這次用下巴指了自己家。

「謝謝。如果潘妮需要幫忙，記得跟我們說，好嗎？」

他用腳把門關上，接著把箱子拿到玻璃屋。我趕緊將鞋子踢掉。

「馬修，我要跟你討論一下你的房間，」他說，但是我已經上樓準備洗澡了。

詹金斯先生的奇怪舉動

寄件人 馬修·柯賓
收件人 傑克·畢夏
主旨 老妮娜的樹

嗨！傑克，你說得對，我們的確需要你的幫助。把那個東西從老妮娜的樹上拿下來如何？

過了十分鐘，傑克回信了。

寄件人 傑克・畢夏
收件人 馬修・柯賓
主旨 老妮娜的樹

天黑之後我會去她的院子。

　　時間不早了，我坐在電腦前，頭髮還沒乾。梅樂蒂寄了一封信說很抱歉錯過了我的信，因為她不在家。她說她看不出來樹上的東西到底是什麼。我按下回覆鍵。

寄件人 馬修・柯賓
收件人 梅樂蒂・柏德
主旨 快！

沒關係，傑克會試著把它從樹上拿下來，就在今晚。我知道，我竟然找了傑克・畢夏，但是我認為他的確有點用處。而且妳一定猜不到，我今天跟蹤了老妮娜！她從來不在星期四出門的，但是今天卻出去了。她買了幾球毛線，還在藥局的櫥窗前面詭異的盯著拉拉褲看，雖然沒有買，但是這不是很奇怪嗎？？？！！！

　　把信寄出之後，我縮了一下。我所認為的證據現在看起來簡直像個笑話。梅樂蒂很快就回信了。

寄件人 梅樂蒂·柏德
收件人 馬修·柯賓
主旨 快！

傑克·畢夏？你瘋了嗎？！！

寄件人 馬修·柯賓
收件人 梅樂蒂·柏德
主旨 快！

我知道這很瘋狂，但是給他一個機會吧？是我欠他的。

我關上電腦並上床睡覺。

當我終於緩緩睡去，我夢見了泰迪……

我一樣站在窗邊看著他拔花瓣，但是當他把手伸出去的時候卻絆了一跤、摔進玫瑰叢裡。那些枝條開始纏繞他的身體，他就像一隻被蜘蛛網纏住的小蟲。不到幾秒，玫瑰叢就把他整個人吞了進去，泰迪消失得無影無蹤。

接著鄰居聚在一起，大家都在呼喊，就像在玩捉迷藏。

「泰迪！你在哪裡啊？」查爾斯先生大喊。

「不管你躲在哪裡都出來吧，出來吧！」老妮娜呼喊。

我跑到路上，對所有人大喊。

「是玫瑰！玫瑰叢把他吞進去了，你們聽我說！你們要去

玫瑰叢找！」

梅樂蒂也在那裡，還有潘妮、戈登、傑克、挺著大肚子的漢娜、詹金斯先生和老妮娜。我跑出去的時候，他們都開始大笑。

「快回你的魚缸吧，小馬！」梅樂蒂笑得幾乎要流出眼淚。「你在這裡會死的！」

我在凌晨 3:22 分驚醒、滿身是汗。我躺了一下，然後試著多睡一點，但是只要閉上眼睛，我就會看見被枝條纏住的泰迪。我走下床，躡手躡腳的進入辦公室。

查爾斯先生的前院一個人也沒有，我只能看見幾朵粉色的花在黑暗中搖擺。玫瑰叢裡沒有金髮小男孩，泰迪不在那裡。

我轉身準備回床上睡覺，但是卻看到牧師宅外面有個人影。一開始我以為是傑克在執行他的任務，但是這個人比傑克高多了。他開始往三號移動，我發現那是詹金斯先生。他這個時候在那裡做什麼？他穿著 T 恤和睡褲，顯然沒有下床很久，他的頭髮亂翹，左手有個橘色小亮點。我真不敢相信──詹金斯先生，這位健身狂人，自以為無所不知又霸凌學生的老師，竟然在抽菸！

他在巷子裡走來走去，視線始終離不開查爾斯先生家。當他走到潘妮和戈登家前，便把還在燃燒的香菸丟在地上，然後走到馬路對面。他站在十一號的柵門前面，在玫瑰和圍籬附近探頭探腦，仔細看了看，他在做什麼呢？我在他轉身回家的時候遠離窗口，以免被他看見。幾秒鐘之後，我聽見門被輕輕關上的聲音。我趕快回到房間，拿出我的筆記本。

泰迪失蹤事件最新嫌疑名單：
老妮娜、查爾斯先生、凱西、詹金斯先生？？？

傑克一早就寄了信。

寄件人 傑克・畢夏
收件人 梅樂蒂・柏德；馬修・柯賓
主旨 卡在樹上的神祕白色東西

那是一條茶巾！！！！！
真是厲害啊，大偵探福爾摩斯與華生。

幾分鐘之後，梅樂蒂回信了。

寄件人 梅樂蒂・柏德
收件人 傑克・畢夏；馬修・柯賓
主旨 管好你自己就好！！！

你給我聽好，傑克・畢夏，我可從來沒有找你插手，如果你
說不出什麼有意義的話，我建議你滾回可悲的老巢，在那裡
待一輩子。

　　我不想被捲入其中，所以關上了電腦並走回房間。

　　整個早上我都在打掃房間，但還是覺得不太對勁。我從門的背後開始第四次的清潔，然後把床腳、抽屜櫃和床頭櫃腳清乾淨，這樣做就可以降低細菌爬到上面並且擴散的機會。

　　爸在外頭的草地上堆了一堆油漆罐、刷子還有防塵套，這時媽從玻璃屋走出來，手裡抱了一堆剛洗過的溼衣服。漢娜跟詹金斯先生也在他們的院子裡。

　　「噢，哈囉，漢娜親愛的，妳最近還好嗎？附近壓抑的氣氛可能對妳跟寶寶都不太好。」

　　漢娜走到柵欄旁跟媽說話，摸了摸幾乎跟足球一樣大的肚子，她現在經常做這個動作，似乎這樣子才有力氣走路。我不想看她的大肚子，所以就轉頭看爸，他從儲藏室拿出一把梯子、放在草地上並斜靠著儲藏室。詹金斯先生走過去找他說話，他穿著螢光黃的運動背心，把太陽眼鏡架在頭上，看起來就像隻黃蜂。他跟爸說了一些話，然後爸抬頭望向我的窗戶，接著搖搖頭。

　　「他們在談論我，獅子，」我說，「發生了這麼多事，他

們竟然還找機會談論我。」

詹金斯先生順著爸的視線看向我。

★　★　★

詹金斯先生是我們學校裡最爛的老師，有一陣子我甚至會找藉口不去上他的課（我身體不舒服、腿拉傷了、氣管發炎還沒好之類的）。但是他沒那麼好騙，沒多久就開始針對我。

「你一定是不想上課，這才是真正的原因吧，馬修？」他說，因為我跟他說我偏頭痛不能去游泳。「哪來這麼多不運動的爛理由，你這頭懶豬！我說的就是你。現在閉上嘴巴、穿上泳褲、跳進泳池裡！」

那時候我的焦慮還沒有那麼嚴重，還能順著他的意思繼續上課，但是我盡量用最慢的速度從包包拿出毛巾和泳褲，完全不想加快動作。

我以為更衣室裡只剩我一個人，但是我聽見有個男生在一堆掛起來的制服森林後面瘋狂的翻找東西。

「到底在哪裡啊？愚蠢的信！一定在這裡，絕對是在這裡！」

是傑克‧畢夏。

「你還好嗎，傑克？」

他抬頭看我，紅紅的眼睛含著淚水。

「那封該死的信不見了，我媽寫了一封信說我不能游泳，但是我找不到它。」

他深吸一口氣，然後像隻慌亂的動物繼續翻找背包口袋。

「不能請學校打給你媽媽嗎？」

傑克哼了一聲。

「他最好會，我就是這樣跟詹金斯先生說的，然後他說這樣子很可笑。傑克‧畢夏算哪根蔥啊？」

他轉過身，把背包裡髒兮兮的書和被墨水沾到的鉛筆盒拿出來、堆在長凳上。

詹金斯先生從泳池走過來，把手裡的紫色泳褲扔向傑克，還打中了他的臉。

「穿上這個，毛巾跟別人借。」

然後他看見站在一旁的我。

「你怎麼還沒換好衣服，馬修？快點！」他開始拍手，速度快得就像掃射中的機關槍。

「魯蛇，你們兩個都是！尤其是你，傑克。來，說說自己是什麼？」

「我是魯蛇，先生。」傑克很快的回答他。顯然詹金斯先生已經這樣教訓過他，他也不想反抗。

「根本丟男人的臉，我說的就是你！動作快！」

我趕緊跑回自己的包包旁邊。泳池傳來同學一陣又一陣的喊叫聲，聽起來很可怕，像是被虐待一樣。我透過那堆衣服看著傑克偷偷擦眼淚。

「如果你願意，我可以幫你找找看。」我說。

如果他同意，我還真不知道該怎麼辦，因為我一點都不想碰到傑克的背包。

「有什麼用？一定是被人偷走了，大概是想報復我。好

啊，這次是他們贏了，但等我揪出他們，就不是這樣了。」

　　他沒有解開扣子就把上衣拉過頭頂，接著拉扯袖子。他轉身的時候，我看到他的背上有一塊又一塊紅紅的疹子。我沒得過溼疹，但是也看得出來只要他一進到充滿氯的游泳池，肯定會痛得抓狂。

　　我不知道是不是真的有人拿走了傑克的信，但是也許他說得沒錯，的確可能有人把信拿走用來報復他。但是，那天在更衣室裡只有一個惡霸，而那絕對不是傑克‧畢夏。

★　★　★

　　詹金斯先生把手放在我們院子之間的柵欄上，一邊跟爸媽鬼扯，漢娜勾著先生的手臂並看著他，潔白的牙齒在陽光下閃閃發亮。媽用手遮擋陽光，不管詹金斯先生說什麼，她跟爸都會同時點頭表示贊同。他們不知道，眼前的這個人根本一點都不像他表現出來的這麼完美。他霸凌學生、半夜在外溜達，應該樹立健康的榜樣卻偷偷抽菸，誰知道他是不是又幹了什麼好事？泰迪失蹤那天詹金斯先生從他身邊跑過，他有在我不注意的時候折回來嗎？他真的沒有看見泰迪蹲在玫瑰叢旁邊嗎？

　　這位體育老師說完話之後就戴上了深色的太陽眼鏡，輪到漢娜說話的時候，詹金斯先生臉上出現了超誇張的笑容。他把臉轉向我的窗戶，我極度懷疑他在看我，當他的笑容變成了極度厭惡的表情，我就知道我想的一點也沒錯。

CHAPTER 26

惡魔的貓

　　我回到辦公室繼續觀察外面。梅莉莎‧道森的車停在查爾斯先生家外面，坎朋警官站在門前，並用手背遮住嘴巴，偷偷打哈欠。前面一點還停了另一輛車，我很確定那是布萊德利偵查官的車。

　　我試著坐在電腦前面但是卻靜不下心來，只好走回房間，可是奈吉坐在我的房門外，發出一陣舒服的聲音之後就閉上了眼睛，頭微微的前後擺動。

　　「不要擋路，奈吉。」我說，同時想找個適合的角度鑽進房間。這隻貓睜開眼睛，看著我在牠面前跳來跳去。「走開，你這隻噁心的貓。」我伸手把門打開，想要從牠頭上跳過去，但是牠一看到我開門就跑了進去。牠悠哉的走在地毯上、跳上床、上下揮舞前腳，還用爪子抓我的被套。

　　我站到牠面前。

「奈吉！下來！給我下來，你這隻渾身跳蚤的醜八怪！」壁紙獅對我發出咆哮，但是我沒有理牠。我環顧房間，想找個東西把奈吉弄下床，但是我一點也不想讓任何東西沾到病菌。那隻貓慵懶的轉了三次身，然後捲成一坨、閉上眼睛。我好想哭，整個早上的清潔工作都白費了。

「我恨你，奈吉！我！恨！你！」我對牠爆了粗口。

牠的一隻耳朵抽動了一下，但是一點也沒有移動，所以我就用膝蓋推了推床墊，可是奈吉也只是晃了一下身體。我望向窗外，思考是不是該出聲叫爸媽來幫我，但是詹金斯先生跟漢娜還在，在他們面前做這種事實在太丟臉了。

於是我跑回辦公室。

寄件人　馬修・柯賓
收件人　梅樂蒂・柏德
主旨　貓！

梅樂蒂請妳幫幫我！可以來我家嗎？現在？

我來回踱步，確認梅樂蒂沒有出門之後又回到了房間。奈吉拉長自己的身體，就像一根毛茸茸的香腸。我的手臂肌肉繃了起來，但是不知道該做什麼，所以又走回辦公室，我依然沒有收到任何信。

「快啊，梅樂蒂！回信啊！」

我從窗戶看向三號，現在只有一個辦法了。我跑下樓、穿上運動鞋後走到對面。

在梅樂蒂家的門階上（三號）看不到潘妮跟戈登家（一號）的門牌，所以我暫時不會被那個不吉利的數字威脅。我按了她家的門鈴，後悔自己沒有換一雙新手套再出來。梅樂蒂來應門了，她看見我的時候瞪大了眼睛。我深呼吸，告訴她我來的原因。

「請妳幫我一下，那隻貓在我的床上，妳可以幫我趕走牠嗎？」

我說完這句話時，幾乎喘不過氣。

她靠在門框上，捲捲的頭髮像是垂到肩膀上的深色波浪，她穿著上次在墓園跟我見面時的那件藍色洋裝。

「什麼？」她說。我戴著手套的手在身體兩側不安的擺動，在她面前我不用隱藏手套。

「妳可以幫我嗎？可以過來幫我把貓趕下床嗎？」

我知道我表現得很焦躁，梅樂蒂看了看我的腳，我試著克制它們不要亂動。

「馬修，你怕你家的貓？」

我們看著對方，我感受到一陣暖流攀上了脖子和臉頰。

「不是！」我不小心說得太大聲了。「我只是，我沒辦法碰牠。妳不是對動物很有一套嗎？妳有養法蘭基……」我往她的背後望去，確定那隻臘腸狗沒有突然朝我衝過來，不然我絕對承受不住。我想要回到房間跟壁紙獅講話，牠會理解的，牠知道有貓在床上是一件多麼危險的事。

「沒辦法，我要跟我媽出門，你得請你爸媽幫忙了。」

我搖搖頭。

「可是他們在院子裡跟詹金斯先生和漢娜說話，我不能在他們面前講這件事。拜託妳，梅樂蒂！」

我的眼淚幾乎要掉下來，滿腦子都是奈吉爪子上的病菌在我房間蔓延、不放過任何一個角落的畫面。

「梅樂蒂，我們該出門了！喔，哈囉，馬修。」克勞蒂亞走到玄關，站在梅樂蒂身後。「聽說你在進行調查啊，是嗎？」

我看著梅樂蒂，但是她盯著地板。

「呃，我只是從窗戶觀察了一下，沒什麼特別的。」我說。

「原來如此。走吧，梅樂蒂，穿上鞋子吧。」她說完便走去廚房，梅樂蒂趕緊把門掩上，悄悄對我說：「馬修，我媽看到我們的信了！她要我跟她去警察局告訴他們有關老妮娜的事，就是你看到她家裡有東西，還有買尿布的事。」

「什麼？可是她沒有買尿布啊。」

「我知道！我告訴她了，可是她說我們還是得把事情弄清楚。」

梅樂蒂看了一下手錶。

「抱歉，馬修，我得走了。」

我的心跳得好快，快得幾乎數不清，我又開始頭暈目眩了。梅樂蒂關上家門，門上的玻璃映著一個褐髮男孩，穿著藍色長袖上衣、牛仔褲，還戴著乳膠手套。他好像快要哭了，我實在不忍心再看下去，所以轉身離開、走進旁邊的小路。

我經過墓園裡那棵七葉樹和圍成六角形的長凳，又經過那塊長滿雜草、有隻美人魚把頭靠在手臂上休息的地方。我繼續走在那條覆滿塵土、曾經跟梅樂蒂一起走過的小徑上，然後來到靠近教堂的墓地前面。我毫無意識的晃到了這裡，我的右手邊有個赤腳站在一塊小基座上的美麗小天使，是卡倫小天使。它的雙手輕輕的握在一起祈禱，嘴角看起來像是在微笑。我唸出它奶油色腳下的碑文：

卡倫·詹姆斯·柯賓
珍愛的兒子與弟弟
捧在懷裡、永存心裡
2010 年 3 月 23 日

我站在那裡看著有著巨大羽毛翅膀的天使，臉在微風中漸漸降溫，淚水滑落到臉頰。天使的眼睛微微閉上，它的頭傾斜著，看起來充滿心事。我看著它的腳，那是幾個月前我塞紙條的地方，雙腳上都有像嬰兒的腳那樣淺淺的凹窩，代表天使也是個孩子。

「我不是故意害死卡倫的，」我輕聲說，「我希望他能跟我們在一起，我是真心的，我可以當他最好的哥哥，小天使，真的。」

我看著這座正在祈禱的雕像，用袖子擦了擦臉，然後轉身回家。

CHAPTER 27

壁紙獅的危機

當我回到家、踏進玄關的時候，我發現大事不妙。一股潮溼又厚重的味道撲鼻而來，我還聽見從遠處傳來爸的老收音機在播流行音樂。媽從廚房走過來，奈吉正在她腳邊磨蹭。

「馬修，你去哪裡了？爸想跟你討論一下你的房間……」

我沒有等她說完。

我來不及脫鞋就衝到樓上，我看見我的床墊就立在眼前、床單被堆在地上，旁邊還有白色的床頭櫃，時鐘跟桌燈還放在上面。我的筆記本、筆筒、一盒手套和藏在床下所剩不多的清潔劑都被放在浴室外的地板。收音機的聲音和爸的口哨聲從房門裡傳出來，光是這些就足以讓我嚎啕大哭。

「爸？」我說，然後慢慢推開房門，我已經認不出我的房間了──床架被移到中間，地毯、書桌和書架都被防塵套蓋著。戈登送來的哈靈頓居家妙方箱子被放在門邊的地上，裡頭

空空如也，溼透的壁紙散發出令我噁心的惡臭。

「你在做什麼？」

爸站在梯子一半的地方，左手拿著蒸氣式除壁紙機。他沒聽見我進來的聲音，我整個人僵在門邊，看著他把除壁紙機壓在牆面，邊緣噴出一團團捲曲的蒸氣。

「啊，馬修，你來了！我來幫你把房間換個風格！牆壁的狀況還不錯，我先把這個弄下來，明天再刷上幾層油漆，這樣就差不多了。」

他把除壁紙機移開牆面，用另一隻手俐落的撕下壁紙，那片泛黃的壁紙因為吸滿蒸氣而重重的掉到地上。爸繼續沿著牆壁往下移動除壁紙機，它再度噴出蒸氣，就像個沸騰的快煮壺。

「不要弄了！不要弄了，爸！」我說，但是聲音太小。

「媽會在辦公室幫你弄張床，你就在那邊睡幾天，」他大聲說，比這些噪音和收音機都更大聲。「你應該不想跟這些亂糟糟的東西睡在一起吧？」

我看見壁紙獅在爸後面，蜷縮在牠的專屬小角落。爸的汗水滲進 T 恤，沿著脊椎形成了一道印子。

「可……可是我不想要你幫我重新裝潢房間，為什麼你要做這些？這是我的房間耶！」

我在想是不是可以把他推下梯子，讓這一切停止。他又撕下另一片，壁紙就像被刀刮起絲滑的奶油。

「別傻了，馬修，」他沒看我，一邊繼續動作，「該重新布置了，到時候還是會漂漂亮亮、乾乾淨淨的，就像你喜歡的

那樣。」

撕——

又一片壁紙落下，除壁紙機離壁紙獅的鬃毛只剩幾公分。亮亮的蒸氣霧滴在壁紙上凝結，眼淚從牠下垂的眼睛滴落到又扁又寬的鼻子上，牠總是在那裡陪伴我，無論白天晚上。沒有牠的日子我該怎麼辦？就在爸把方形的塑膠蒸氣噴頭拿到壁紙獅面前的時候，我往梯子跑了過去。

「不！拜託你！拿走！拿走它！」

爸對我皺起眉頭，手臂懸在半空中等待熱氣穿透壁紙。當他轉頭回去繼續動作的時候，一團蒸氣竄了出來，然後輕輕一刮，壁紙獅就消失了。溼溼的壁紙捲了起來並往下滑落，掉在我旁邊的舊壁紙堆上面，我把它拿起來，絕望的想要攤開它，但是壁紙卻被我弄破。

「馬修，你在做什麼？你是怎麼了？」

我開始哭。

「你不知道自己做了什麼！你永遠都不會知道！你把牠弄死了，爸，你把牠弄死了！」

我拿著溼漉漉的壁紙跑進浴室、鎖上門。我小心的把壁紙放在地上，把幾塊碎片拼起來，一邊哭一邊小心別又弄壞它。我拼不出獅子身上的任何一個地方，牠的鬃毛、扁鼻子還有凸起的額頭，這些碎片看起來就只是一坨黏黏的垃圾。

砰，砰，砰！

「馬修，你怎麼了？出來吧，別鬧了。」

我把壁紙轉來轉去，試著找出該把哪一邊朝上，然後又弄

破了一片。

砰，砰，砰！

「我還以為你會很高興呢！你不是喜歡把東西弄得乾乾淨淨嗎？你好好想想吧！」

砰，砰，砰！

然後我看見了，在壁紙邊緣一個幾乎無法辨識的地方──我看見牠的眼睛，長得奇怪又下垂的眼睛，一直都在關懷和保護我的眼睛。

「馬修！你有在聽我說話嗎？」

「我聽到了！拜託你讓我好好上廁所好嗎，這不是什麼過分的要求吧？」

我以為爸會繼續搥門，但他只是怒嘆了一口氣，接著就傳來我的房門被甩上的聲音。我輕輕的沿著壁紙獅的眼睛周圍把牠撕下，然後把剩下的壁紙丟進馬桶、用手肘按下沖水鈕。我把這個小紙片小心的放在窗台一角，希望它趕快乾。

「對不起，」我一邊洗手一邊輕聲說，「真的很對不起。」

我總共洗了三十七次手。三十七次，一個破紀錄的數字。爸又走過來敲門，但是我跟他說我肚子痛，不要吵我。我聽到爸媽在走道上低聲說話，還有他們把我的床墊搬到辦公室的聲音。烘衣櫃的門打開了，媽一定是從那裡拿了乾淨的床單。

壁紙獅的眼睛在窗台上晾乾之後，變得有點捲也有點脆弱，但是也終於變回那個我再熟悉不過的眼睛了。我拿起這塊比拇指指甲大不了多少的碎片、放進褲子後方的口袋。

CHAPTER 28

警察拜訪老妮娜

我走出浴室的時候，媽跪在辦公室裡幫我鋪床，看起來剛剛哭過。

「我們只是想做一些我們認為是對你好的事情，親愛的，沒有人想要故意惹你生氣。」

我沒有說話，她繼續轉身把床單塞好。我到走道拿了一雙手套，爸還在我的房間裡叮叮咚咚。我走回辦公室，媽站了起來。

「我跟你爸聊過了，我同意他說的，我們應該要對你強硬一點，馬修，這是為了幫你。我不會再幫你拿食物上來了，我們要跟普通家庭一樣在餐廳一起吃飯，就從今天晚上開始。」

她說這些話的時候並沒有看我。

「星期一你必須再去見羅德醫生，這是新的開始，對我們三個都是。你也可以自己主動跨出第一步，把手套丟掉。」

說到「手套」的時候，她轉了過來，但還是不忍心直視我，然後她就離開辦公室下樓去了。

　　我幫戈登撿起的那本最新哈靈頓型錄放在書桌上，正翻到慢燉鍋的那一頁。我用依然戴著手套的手把它闔上，封面標題寫著：「讓你遠離病菌的終極防護！請見第七頁！」我隨手翻一翻，來到清潔產品的頁面。前兩頁都是在介紹一款新的蒸氣拖把，保證可以運用在各種材質上。媽幾個月前就買了，但是我從來沒有看她用過，大概是跟那些果汁機、製麵機，還有麵包機一樣，都被放到閣樓去了。我繼續往後翻，但是後面幾頁愈來愈皺，有人在型錄上大力的亂畫，消毒水和抗菌溼紙巾上面都是亂糟糟的線條，頁面有些地方甚至破了。我大力闔上型錄，然後把它向前一推。一定是媽一時之間失去了理智，才會拿這本型錄出氣。一股羞愧感鑽入我的血液中，瀰漫到身體的每一個地方。

★　★　★

　　下午 5:24，爸在家裡大喊：「快來看牧師宅！」

　　我從地上的床墊跳起來、走到窗邊。警察一定十分重視梅樂蒂跟克勞蒂亞的話，我看了一下三號，克勞蒂亞的車還沒回來。

　　「來了來了，獅子！他們就要找到他了！」我跟口袋裡的壁紙獅說話。

　　布萊德利偵查官跟一位便衣女警走上老妮娜的門階，顯然是在問她一些事情。她從門縫裡探出頭來說話，盡可能的將那

扇黑色大門掩上。女警靠了過去，專心的點點頭，然後老妮娜以極為緩慢的速度將門打開並往後退，等他們進去之後再把門關上。我聽見爸媽在樓下嘀咕，他們一定也在看。

我靜靜等待。

五分鐘過去了，那扇門隨時都會打開，然後女警會抱著髒兮兮但是十分開心的泰迪走出來，戴著手銬的老妮娜則會跟在她後面，被布萊德利偵查官帶開。但是，門一直沒有打開。窗簾後面出現一道黑影，就在那盞燈附近，有一隻手臂在那裡動來動去，不曉得是誰，但是看起來似乎是在撥弄那盞燈。

二十分鐘過去了，我還在等待，但是什麼也沒發生。爸媽大概沒有興趣觀看了，因為我聽見樓下傳來快煮壺啟動的聲音。時間來到下午 6:22，當我正想去洗手的時候，牧師宅的門再度開啟。

「好戲上場了。泰迪啊，你在哪裡？」

布萊德利偵查官率先走出來，另一位警察緊跟在後，兩個人都在微笑。泰迪就要出現了，可能會有點茫然，但是沒有受傷。奇怪的是，他們竟然沒有把他抱在懷裡，所以我往他們的腳邊尋找那個失蹤孩子的身影，但是他並不在那裡。還是他們要等待支援？遇到這種情況是不是都會這樣做？

他們停在門階上、轉身面對站在門邊的老妮娜，我沒有看見什麼手銬，她好像也沒有要跟他們一起走的樣子。她側著身體，手裡抱著一個東西。我眨眨眼想要看清楚，但是被布萊德利偵查官的頭擋住了。女警稍微移動了一下、向老妮娜伸出一隻手，而布萊德利偵查官往後退了一步，這讓我看清楚老妮娜

手裡的東西。那並不是一個小孩，根本不是泰迪，她也沒有把泰迪帶回去當成死去兒子的替代品，她只是為自己找了一個同伴，並且小心的隱瞞這件事以免房子被收回去。那是一隻小貓，一隻小小的虎斑貓。那位警察搔搔牠的下巴，接著他們就離開了。布萊德利偵查官抬頭看了我一眼，我吞了吞口水。

他們坐進那台黑色轎車，緩緩駛離巷子。我回頭看牧師宅，發現老妮娜窗邊的燈又亮了起來。

仿聲鳥胸前的顏色

「你不去是什麼意思？」

爸說這句話的時候，從餐桌對面用叉著烤雞的叉子指著我。

「儘管說吧，兒子，我跟你媽都很想知道為什麼你突然改變主意。」

他把叉子上的雞肉送進嘴裡，然後叉子哐噹一聲被丟在盤子上，爸往後靠著椅背等我回答。

直到剛才那一刻，試著跟他們一起吃飯似乎還算順利，這是幾個月以來我第一次嘗試。媽想幫我準備烤雞、沙拉和馬鈴薯，但是她太心急了，我其實非常享受無菌的微波食物。通往玻璃屋的門沒關，奈吉在撞球桌上昏昏欲睡，跟我保持著非常安全的距離。我就用貓這個輕鬆的話題來切入。

「喔，原來奈吉還活著啊？」我說，朝玻璃屋微微抬起下

巴。

　　爸露出滿意的笑容，因為全家終於一起圍坐在餐桌前。還有，他跟我一樣不喜歡奈吉。

　　「討厭的貓啊，整張桌子都是牠的毛。」

　　「別這樣說牠，布萊恩，至少牠讓那張桌子發揮了一點用處啊，對吧，奈吉？」

　　我們望向那坨睡著的毛球，傍晚的陽光照在牠身上發出了亮眼的金黃色。

　　「你還欠我一場撞球，記得嗎，小馬？一個人不好玩啊。」

　　我沒有迎上他的視線，只是專注在我的晚餐上，然後聳聳肩不表示任何意見。

　　「你想好要把我的房間漆成什麼顏色了嗎？」我說，努力維持正常、不帶情緒的對話。媽挖了一大坨美乃滋到盤子上，還甩了湯匙三下。

　　「你一定會喜歡的，小馬，」她開心的笑著說，「它叫做『仿聲鳥胸白』，是帶著一點點土黃的奶油色。」

　　爸看著我，我們都挑起了眉毛、笑了。

　　「那些開發油漆的人真是不可思議啊！整天坐著喝茶然後想出一堆可笑的名稱，那明明就跟白色差不多。」說完他自己也笑了起來。「我倒是覺得我們可以想出比『仿聲鳥胸白』更好的名字，對吧，馬修？」

　　我露出一抹微笑，深吸了一口氣後開始試試身手。

　　「『洗碗機水垢白』怎麼樣？」

　　爸開心的笑了，視線轉向撞球桌。

「不錯喔！我想到了『母球奶油白』。」

我笑了出來，媽發出嘖嘖聲，假裝這聽起來很爛。

「還有還有……『牙齒白』！」

爸放下手中的叉子。

「太棒了！等等喔……這個如何？『眼神死眼白』！」

「天哪，媽，拜託讓我刷這個顏色……」

我們都笑到沒辦法好好吃東西，媽臉上掛著燦爛的微笑。

「拜託你們，那些油漆可是很貴的，會取這種名字的油漆品質都不錯。」

爸挑起眉毛對媽點點頭，我們又再度噴出笑聲。

「等一下，等一下，」我說，一邊扭動身子，「『弄髒的尿布白』呢？」

一片沉默。爸勉強笑了幾聲，但是我已經毀了這一切。這段幸福快樂的時光就這樣被我想像的油漆顏色摧毀殆盡，因為大家想起了失蹤的泰迪。餐桌上鴉雀無聲，我們都拿起叉子，戳戳盤子裡的食物，然後我望著對面的空位，如果弟弟還在，他就會坐在那裡。

「梅莉莎跟凱西又回到查爾斯先生家住了，你們知道嗎？梅莉莎大概是發現自己其實很需要爸爸在身邊。」

我點點頭。我有注意到她的車子，但是她停得比較遠，方便警察進出。

「義大利麵還好嗎，親愛的？需要再微波個二十秒嗎？」

我的番茄肉醬麵還在冒煙，所以我盡力對她擠出微笑，並吹一吹叉子上的麵。

「這樣就好了，媽，謝謝。」

她也對我微笑。

安靜了幾分鐘之後，我想差不多可以轉移話題並且告訴他們我的小小消息了，所以我就說我不打算再去見羅德醫生，再也不去，我就是沒辦法。最近遇到太多壞事了：剛出生的弟弟死了、泰迪失蹤，還聽了老妮娜兒子的故事。而且，治療師還要我談卡倫的事，我知道她一定會，這就是治療師會做的事，要你把一些巴不得忘記的事情拿出來聊聊。她可能會因此知道我做了什麼好事，但是我沒辦法承受。

我以為這是個轉移話題的好時機，但是我錯了。

「噢，馬修，為什麼？你幾乎還沒開始嘗試啊！」

「妳不了解，媽，這太難了，我做不到。」

微微變形的咖啡色塑膠盤上，我用叉子撥弄著義大利麵。

「等等，等等。所以，你是說你不打算再去見這附近最厲害的治療師……因為你覺得這件事很困難？」

媽伸出一隻手、放在爸的手臂上。

「布萊恩，別吼他。」

他轉頭看向媽，說話的時候嘴裡噴出了一小塊雞肉。

「但是他還沒開始啊，席拉！他到底在期待什麼？幫他貼笑臉貼紙嗎？還是什麼？這本來就很難！如果很簡單，我自己就可以治好他了！」

爸把椅子靠回餐桌，氣呼呼的離開廚房，穿過玻璃屋走到後院。媽也站了起來，把自己的食物刮進爸的盤子裡。她幾乎一口也沒吃。

「看看你做了什麼！」她說。「很多事情我都站在你這邊，馬修，很多很多事！」

看來這頓晚餐結束了

「幫你買那些可笑的手套，像傻僕人一樣幫你送食物到房間，當你不想出門的時候還幫你想藉口。你最起碼可以讓別人幫你吧？就算你不想幫助自己，也該想想我們啊！」

她一把拿起我的盤子，把義大利麵全都倒進垃圾桶。她背對著我、靠在流理台上，彷彿這些對話讓她疲累不堪。

「你快把這個家弄垮了，馬修，我們快要受不了了。」

她走出去找爸，一起站在豆棚旁邊。她用雙臂環抱著他，兩個人抱在一起。

雖然壁紙獅的眼睛就在我的口袋裡，但是我卻突然覺得非常、非常的孤獨。

CHAPTER 30

住在一號的鄰居

電腦嘟一聲開始嗡嗡運作，小小的紅燈隨即閃爍。我開始數它閃動的次數，數到十就停了下來，然後把視線移開，不是因為我害怕數到那個不吉利的數字，只是單純不想數而已。那隻黑色小甲蟲又出現了，在我體內不斷啃食，用我對卡倫的罪惡感壓迫我。

《哈靈頓居家妙方》就在螢幕後面，我發現媽在清潔產品上洩憤的亂畫之後就把它推到那裡，我待會再移開它。

我坐著等待畫面進入桌面，然後登入我的信箱。

我也沒有答案。

有一輛車開進了這條死巷，我伸長身體往外看。今天外面沒有警察，潘妮從停在一號車道上的藍色飛雅特汽車走了出來，真奇怪，平常都是戈登開車。這讓我開始思考，潘妮和戈登總是形影不離，但是我好像有一陣子沒有看到他們一起出現了，有多久了？我走到門外，從床頭櫃上拿了筆記本，一邊翻一邊走回辦公室。我坐回位子上，讀了一些以前的紀錄。

……他們看起來好像在組織搜救隊，戈登、蘇和克勞蒂亞都參加了……

……戈登早上 11:27 上車出門……

……潘妮在隔壁跟查爾斯先生說話，不時拍拍他的手臂……

……戈登拿了一大箱東西到我們家，看來爸媽又從潘妮的蠢型錄上訂東西了……

我繼續往前翻，翻到泰迪失蹤的那天晚上，然後停了

下來。我可以聽見自己撲通撲通的心跳聲。

> ……真不敢相信媽竟然答應讓那個詭異的小孩凱西來我們家過夜。我在凌晨 2:18 醒來，她在睡夢中翻來翻去。「老奶奶把他帶走了，金魚男孩。」她說。泰迪會在老妮娜家嗎？

但是老妮娜並不是這條巷子裡唯一的老奶奶。

我拿起那本哈靈頓型錄，很快的翻到用筆亂畫的那幾頁。有幾條線橫跨了兩頁，商品描述和照片上也有隨意亂畫的痕跡。但是當我再次仔細看，卻突然不覺得那是憤怒的亂畫。有些線條是螺旋和圓圈，有些則彎來彎去，雖然很亂，但是一點也不凶惡，也不像是媽會做的事情。事實上，那看起來根本不像大人會做的事，反而像小孩在亂畫。

我站起來，一號的窗簾緊閉，但客廳的燈亮著。我的呼吸變得又短又急，然後我刻意放慢速度做了一個深呼吸。

寄件人 馬修・柯賓
收件人 梅樂蒂・柏德
主旨 一號

潘妮和戈登最近有點怪……

我停下來、刪掉草稿。這次我不打算多說什麼，除非把事

情弄清楚。

我走到走道上，爸還在我的房間，我聽見刷子在牆上刷過的聲音。

我走下樓，媽正在玻璃屋燙衣服。她抬起頭，眼周有著黑眼圈。

「沒事吧，馬修？」

我走到門邊。

「媽，妳最近有跟潘妮聊天嗎？」

「潘妮？沒有，今天沒有跟她聊天。泰迪的事情讓戈登壓力很大，潘妮說搜救行動讓他血壓飆升，他心臟不太好，得小心一點，所以他們打算離開一陣子。」

媽放下熨斗。

「怎麼啦，馬修？你臉色蒼白耶。」

「什麼時候？他們什麼時候要走？」

媽聳聳肩。

「我不知道，她沒說。應該很快吧，我想。她說他們希望可以至少離開幾個星期。」

她走到水槽、幫熨斗加水，我走到大門，又做了幾次更深更緩的呼吸。如果繼續思考我就無法行動了，所以我得在焦慮湧上之前趕快出門才行。我穿上鞋子，頭一陣一陣的痛。

「我要出去一下，很快就回來。」我跟媽說，並且在她開口問之前就把門關上。

我看著對街的一號房子，把口袋裡的壁紙獅眼睛拿出來、握在手心裡，希望牠保佑我平安。我盡量保持呼吸平順，然後

過馬路朝潘妮和戈登家前進。

他們家的電視開得很大聲，我可以透過窗簾看見螢幕閃動的光線。

我查看他們的車子，試圖尋找泰迪的蹤跡。汽車座椅簡直一塵不染，棕櫚樹造型的綠色芳香劑從後視鏡垂掛下來，副駕駛座旁的車門置物區放了一張區域地圖，排檔前面有一盒薄荷糖跟一塊藍色的布，大概是戈登用來擦擋風玻璃的。我繼續檢查後座，除了一盒面紙掉在腳踏墊上，其他地方都非常整潔。為了看清楚駕駛座門上放的東西，我走到車子左側。那裡有個凸出來的塑膠把手，大概是刮雪板和舊報紙，但是我發現副駕駛座下面有個亮橘色的東西，我看不清楚那是什麼，所以就走到引擎蓋旁邊、趴在擋風玻璃前，並用雙手圍著眼睛。

掉在那裡的是一台小小的橘色推土機，就是潘妮到查爾斯先生家時，從院子裡的玩具堆上拿走的塑膠推土機。

我用手抵著車子將自己撐了起來，接著就聽見兩聲急促的嗒嗒聲。

「喔不！」

車頭大燈開始閃爍，喇叭也響個不停，我不小心觸發防盜器了。我在原地楞了一下，然後跑到人行道上，這時一號的大門打開了。

「馬修？是你嗎？你在做什麼？」

潘妮東摸西摸找到了車鑰匙之後按了一下，警報就停了。

「對不起，我只是……我不小心撞到車子，然後……」

我準備轉身離開。

「有事嗎？你不是為了啟動防盜器才過來的吧？」

我往前走了幾步，同時觀察她。她把身後的門稍微掩上，然後雙手抱在胸前捍衛著家的入口，就像我不想讓別人進入房間時一樣。她的頭髮就跟平常一樣整齊的往後夾，穿了一件淺粉色上衣和天空藍的裙子，這也跟平常差不多。她看起來很鎮定，除了因為我站在她的車道上讓她感到不悅之外，她並沒有露出沉重或緊繃的樣子。

「所以呢？是什麼事情？你想要做什麼，馬修？」

「我，呃……媽說妳要出遠門，」

她眨了眨眼睛。

「所以我是來問妳有沒有需要幫忙的，像是幫妳澆花？拉窗簾？送型錄或什麼的？」

我感覺到自己的臉迅速漲紅，連我自己都不相信這些話。戈登從門後露出半邊臉龐，那隻眼睛看著我、瞪得大大的。

「怎麼啦？」他輕聲說。

他幾乎是被推回去的，然後我聽見潘妮在門後壓低聲音說話。

「沒關係，戈登，馬修很快就會走了。」

潘妮又回到門外，輕輕拍了拍自己的頭髮。

「謝謝你，馬修，你真貼心，不過我不需要。一切都安排好了。」說完，她便踏進屋裡把門關上。

★　★　★

回到家之後我馬上跑進廚房，看到布萊德利偵查官的名片

被一個躺椅造型的磁鐵吸在冰箱上。我聽見媽在樓上放水泡澡的聲音，爸則是正把裝修工具放回儲藏室。

我看著他的電話號碼，然後看看手邊的電話，思考我該跟他說些什麼。

帶走他的是潘妮跟戈登，因為她拿了一輛玩具車？

自從他失蹤之後，我就沒有看過他們兩個一起行動了？戈登看起來心情沉重？他們打算外出度假？

老妮娜的事似乎又要重演了，我一點確切的證據也沒有。

反正，話筒上的方形孔洞髒兮兮又充滿病菌，電話看起來就是會讓你喪命的東西，所以先這樣吧。

CHAPTER 31

小魚

壁紙獅的眼睛不見了。

我在潘妮和戈登家進行調查的時候，不知道怎麼了，我竟然把它弄丟了，也許是在我觸發防盜器的時候。我從窗戶察看了一番，但是天色這麼昏暗的情況下，實在很難看見什麼。我徹底失去它了。

我在辦公室地板的床墊上睡睡醒醒，夢見有人站在我後面、拍我的背，當我轉身去看的時候，他卻不見了。我在一片漆黑之中醒來，床墊的某根彈簧頂著我的左肩，我在那躺了一陣子，繼續感受著尖刺壓著我的骨頭邊緣，接著我翻身側躺。我盯著電腦桌下方，螢幕旁邊的時鐘顯示現在是早上 4:55，鳥兒就要開始叫了，天光也隨時會出現。

希望今天就可以搬回房間，然後把東西擺回我想要的位置。但是還缺了壁紙獅，當然。我得去把牠的眼睛找回來。

我聽見外頭的柵門咔一聲關上，看來有人起得很早。可能是蘇要去超市上早班，不過應該沒這麼早吧？

我閉上眼睛，試著回想壁紙獅的眼睛掉在哪裡，天亮之後我得去車道上找找，當然還有人行道跟門階。

我聽見有人在哭，外面有個小孩在哭。我張開眼睛，再看一下時鐘。

早上 4:56，我從枕頭上抬起頭、仔細聆聽。

一點聲音也沒有。

一定是幻覺。於是我又躺下、把被子拉開。這裡比我的房間熱多了，而且離地毯這麼近，一點也不涼，空氣讓人難以呼吸。

我閉上眼睛，但是聲音又出現了，是小孩的哭聲。我坐起來聽，這次哭聲持續不斷。

我爬下床墊、拉開窗簾，然後低頭看查爾斯先生的院子。

「我的天哪……」

站在玫瑰旁邊用手抹著眼淚的竟然是泰迪。他把臉埋進手臂裡小聲啜泣，然後抹抹臉、抬頭看我，不再哭了。

「小魚。」

我也看著他，我在作夢嗎？

「小魚！」

他胖胖的小手臂指向我的窗戶，他穿著一件白色的拉拉褲和印有冰淇淋甜筒圖案的 T 恤，腳上沒有穿鞋。他伸出手彎了彎手指頭，就像試著鼓勵小寵物過來的動作。

「小魚來？」

我跑到辦公室外面。

「媽！爸！快來看泰迪！」

我衝下樓梯、打開大門後跑到車道上。我光著腳丫走向院子的柵欄，粗糙的水泥地刺得我頻頻閃避。泰迪走到了草地上，因為看到我而高興得跳來跳去。我看著他，一度懷疑他到底是不是鬼。天色愈來愈亮了，有一隻鳥大聲的叫了起來。

「泰迪？」

他看起來狀況不錯，可以說是非常好。他有點想睡，眼睛也紅紅的，頭髮看起來需要好好清洗一下，但是除了這些，他似乎完全沒有受傷。他停下來，彎腰抓起一把草想要餵我吃。我走向他，盯著他胖胖的小手發呆。家裡玄關的燈亮了起來，應該是爸媽起床了。

「泰迪，」我說，「你到哪裡去啦？是誰 —— 誰把你帶走的？你沒事吧？你去哪裡了，泰迪？」

他對我的問題沒有什麼興趣，但是卻愈來愈想要餵我吃他手裡的草。

「吃，小魚，吃！」

我很快的掃視這裡的房子，沒有任何燈光，車子也都在。泰迪身後，我看見查爾斯先生家的柵門緊緊關著。我往後退一步，轉身面對巷子中間，吸了滿滿一口氣之後，我使出吃奶的力氣對這些房子大喊：「泰迪回來啦！」

CHAPTER 32

重返懷抱

　　如果媽覺得梅莉莎·道森從美國回來時抱凱西抱得很用力，那真該看看她抱泰迪的樣子，她簡直要把泰迪吸進肺裡，或是融進自己的血液裡。在我大喊了一聲之後，梅莉莎第一個出現。她搖搖晃晃的朝兒子走過去、將他一把抱起，然後把頭埋進他的脖子間開始啜泣。泰迪越過媽媽的肩膀看著我，然後皺起眉頭，他現在沒辦法餵我了。當大家開始有些動靜之後，我便走回家裡。爸媽走出門外，幾乎是互相推擠著想要看看發生了什麼事。

　　「剛剛是怎麼回事？泰迪回來了？在哪裡？他怎麼回來的？」

　　查爾斯先生也出現了，然後是睡眼惺忪的凱西，她看了泰迪一眼之後便開始大哭，把臉埋在查爾斯先生的腿邊。

　　我上樓從辦公室的窗戶觀看接下來的場景：梅樂蒂跟她媽

媽一起出現，法蘭基則是在她們腳邊狂吠，當她們看見梅莉莎懷裡的孩子後便笑著擁抱彼此。接著，一定有人通知了警察，因為有輛警車出現了，兩位警察走下車，急忙對著無線電說話。牧師宅的黑色大門打開了，老妮娜走下門階，手裡拿著一條小小的藍色毛線織毯，就跟泰迪失蹤那天手裡拿的一樣。不出我所料，她果然一直在織那條東西。她穿著拖鞋走向十一號，抬頭看著梅莉莎。泰迪的媽媽接過那條毯子並跟她說了聲「謝謝」，然後往兒子臉上親了又親。這裡就只有一戶人家的燈還沒亮，那就是潘妮和戈登家。

我躺回床墊上盯著天花板，一邊聽著外頭興奮的聲音，大家不斷的問同樣的問題：

「你去哪裡了，泰迪？」

「告訴我們嘛，泰迪！」

「是男的還是女的？」

「回答一下嘛，小可愛！」

「是誰把你帶走的，泰迪？」

大家短暫安靜了片刻，我想像他舉起手指向潘妮和戈登家，但是他只回答了一個字：「小魚！」

CHAPTER 33

尋找壁紙獅的眼睛

「聽著，我沒有帶走泰迪‧道森！他只是很喜歡我，因為有一次他姊姊叫我金魚，我從窗戶往外看的時候他們都會指著我這樣叫，就是這樣。」

布萊德利偵查官瞇起眼睛。

「原來是這樣，」他說，「因為我們每次問泰迪去了哪裡還有是誰帶走他的時候，他都只有一種回答。」說到這裡，他低頭看了一下筆記，然後又抬頭看我。

「小魚。」

我哎了一聲，靠回椅背上。

「你就是他說的『小魚』吧，馬修？你有跟他說那是你的名字嗎？」

「沒有啊！我怎麼會這樣叫我自己？我之前也沒有跟他說過話啊！」

媽把一隻手放在我的肩上，我瑟縮了一下。

「冷靜點，馬修，沒有人在指控你啊。」

「如果沒有，他們為什麼要問我這些問題？」我看著眼前這位坐在餐廳裡的警察。「你為什麼在這裡？為什麼沒有去搜查別人家？」

爸站在快煮壺旁邊，目前為止他都還沒說話。布萊德利偵查官又低頭看了他的筆記。

「只有在具備正當理由的情況下，我們才會對該住宅進行調查，目前你的鄰居都沒有什麼嫌疑。為什麼你會跟查爾斯先生說你認為住在牧師宅的妮娜·芬奈爾太太把泰迪帶走了呢？」

我想洗手，皮膚因為那些爬來爬去的細菌而刺痛著。

「馬修？」媽說。

「克勞蒂亞·柏德小姐和她的女兒梅樂蒂也來過警局，柏德小姐說你指控妮娜·芬奈爾，這是真的嗎？」

「馬修！這是怎麼回事？」媽說。「我不是跟你說老妮娜不可能跟這件事有關嗎？」

「但……但是妳怎麼能確定呢，媽？」

媽看到我快要哭了，就把焦點拉回警察身上。

「泰迪還好嗎，偵查官？他有受傷嗎？」

他搖搖頭說：「他沒事。他被帶去醫院檢查，目前的結果都顯示他的狀況非常良好，也沒有受傷。他的衣服會被送去給鑑識單位鑑定，希望可以藉此找到他被帶到哪裡去了。」

當他提到「鑑識單位」的時候，眼神緊盯我的雙手，還有

我所戴的乳膠手套 —— 不會留下指紋的手套。我把雙手從桌面滑到大腿上。

「你們認為我有嫌疑嗎，偵查官？我有百分之九十的時間都待在家裡，我要怎麼在不被發現的情況下帶走一個小孩又藏起來？連我爸媽都不知道？」

布萊德利偵查官看了看媽，想要尋找她是否是共犯的線索，然後又很快的把眼神移到爸身上。

「你是最後一個看見泰迪的人，馬修，然後又是第一個看到他回來的人。你完全沒有看到附近有什麼人嗎？」

「沒有！」

「他失蹤的那天，你從窗戶看他的時候，他有叫你嗎？」

我張開嘴，但是又閉了起來，就跟金魚一樣。我實在不知道該說什麼。

「泰迪幾歲呢，偵查官？」爸終於加入了這場對話，我無力的對他笑了一下。

這個問題似乎讓布萊德利偵查官覺得有點意外。

「這個嘛，他還是個幼兒，他……」他又去筆記本裡找答案了，「……十五個月大。」

「你有小孩嗎，偵查官？」

「有的，柯賓先生，我有個兒子，三歲。」

爸露出微笑。

「啊，很好，所以不久前他還在學習講話，對吧？」

「我……呃，對，是沒多久。」

爸把手臂交疊在胸前。

「我不是什麼專家,但是我想一個十五個月大的小孩,會說的字應該沒有多少吧,妳覺得呢,席拉?」

我轉頭看媽,用眼神乞求她能附和爸,於是她開口了:「沒錯!馬修在那個年紀時根本什麼話都還不會說呢!他說的第一個字應該是『屁屁』吧,那時候他至少有十八個月大了,而且他也只有弄髒尿布的時候才會說這個字。我多希望他可以說『媽咪』,所以這還讓我有點難過呢,對吧,布萊恩?」

重新考慮之後,我倒是有點希望媽剛才什麼都沒說。

布萊德利偵查官好像有點受不了了。

「好了好了,柯賓先生、柯賓太太,我來這裡只是想要了解為什麼小泰迪這麼喜歡你兒子,就這樣而已。」

他把手放到餐桌上。

「馬修,在我走之前讓我再問你最後一個問題,然後我就會把接下來的時間還給你。」

我點點頭。

「我希望你在回答之前可以認真的想一想,好嗎?」他把身體往前傾。「馬修,你知道是誰帶走泰迪·道森嗎?」

我思考這個問題的時候臉變得通紅,眼角餘光看見爸在咬指甲。我有足夠的證據說是潘妮和戈登做的嗎?不,我只有一些片面的線索而已,我需要再調查一下才說比較好。

「不,」我回答他,「我不知道。」

★　★　★

電視新聞以頭條報導了泰迪·道森安全歸來的消息,但是

對於他究竟去了哪裡，目前依然不得而知。到了午餐時段，這則消息變成了第四則重要的新聞；下午三點時，新聞已經不再報導這則消息了。最新消息是有艘渡輪擱淺在地中海，而泰迪的消息正式成為過去式。

我偷看了一下重新布置好的房間，讓我意外的是，看起來真不錯。油漆已經乾了，爸今天就會幫我把東西搬回房間。牆壁看起來很光滑，媽也說得沒錯，「仿聲鳥胸白」的確是討人喜歡的白色。窗簾都清洗過了，窗戶也擦得很乾淨，整間房間比以前亮多了。一切都很好，比我預期得還要好——除了一件事。我看著以前壁紙獅低頭看我的地方，那裡什麼都沒有。

我從走道的床頭櫃裡拿了望遠鏡，然後跪在辦公室的地毯上、手肘穩定的撐在窗台，對準一號房子。

梅樂蒂從她家走出來，穿著那雙粉紅色夾腳拖跑到路上、朝著墓園前進。蒐集卡片的時間又到了。

透過望遠鏡，我掃視了潘妮和戈登的車道，然後沿著人行道慢慢找。畫面突然被腳踏車輪子占滿，我抬頭發現傑克在巷子裡騎來騎去。他騎到一號前面，接著衝向對面的人行道邊緣，接著在那裡轉身，然後在查爾斯先生家外面重複了同樣的動作。我繼續搜尋，仔細查看了一些石頭和樹葉，當我發現它們不是壁紙獅的眼睛之後，便很快的轉移目標。

幾分鐘之後我坐回地上，傑克在巷子裡最寬的地方蛇行、橫衝直撞。他騎到我家附近時故意讓車輪打滑，在布萊德利偵查官的銀色車子前面揚起了一陣灰塵，那台車就停在查爾斯先生家外面。有個東西飄了起來，我趕緊對準它、把畫面放大。

它掉在人行道上，接著有陣微風突然把它吹起，讓它跌跌撞撞的往潘妮和戈登家翻滾過去。我找到了！我找到壁紙獅的眼睛了！我露出笑容，咔一聲把望遠鏡丟在窗台上。

我得趕快，不然它又要不見了。我跑到外面、經過警車，然後過馬路到一號前面。

「馬修！你在幹麼？」傑克說，並騎到我旁邊。

「沒什麼事，傑克。」我站在車道盡頭說。他停下來看我。

「看起來不像沒事啊。」他說。

戈登從房子側邊走過來，拖著一個黑色垃圾桶。

「啊，馬修，你好嗎？小泰迪回來真是個好消息啊，不是嗎？」他說，但是我沒有抬頭看他。

「是啊，沒錯。」

我找不到。

「你還好嗎？」

戈登朝我走過來，把那個帶著輪子的垃圾桶留在車道上。我抬頭看他。

「我……我有東西掉了，是昨天掉的。我剛剛好像有看到它，可是現在找不到了，被吹走了。」

戈登在地上東看西看。

「這樣啊，讓我來幫你吧，你要找什麼東西？」

他親切的微笑，有人幫我真是讓我鬆了一口氣，難以想像幾個小時前我還認為他跟泰迪失蹤有關。

「是一小片黃色的紙，大概這麼大。」我伸出戴著手套的手，用食指跟大拇指圍成一個圈。戈登看著我的手時，傑克大

喊：「在那裡！」

我看向傑克指的地方，在潘妮和戈登的門階旁邊，壁紙獅的眼睛被風吹得跳起舞來。

「對！」

噹一聲，傑克丟下腳踏車跑過來。

那片壁紙朝著大門飄過去，我們都伸手去抓，傑克笑了出來。我先跑到門前，當我撿起壁紙的時候，我注意到窗戶上的一個東西。我站得筆直、注視著玻璃，血管因為一股寒意而縮了起來。我看了傑克一眼，他也看著我，我用下巴指了那個東西一下。他皺著眉頭靠近看，然後轉向我，驚訝的張著嘴巴。

戈登滿臉笑容的走過來。

「讓我看看是什麼重要的東西吧！」

我盯著他。

「怎麼啦，馬修？你該不會又把它弄丟了吧？」

我緊緊捏著壁紙獅的眼睛。

「沒有，我撿到它了，這其實沒什麼，只是個小紙片，我想我用得上它。」

傑克看著戈登，嘴巴還沒闔上。戈登看著我們，對我們的表情感到不解。我一步一步的離開，傑克則跑去扶起腳踏車。

「能讓你這樣追著它跑來跑去，應該是很重要的東西吧。」戈登皺著眉頭說。

我又走了兩步，布萊德利偵查官從查爾斯先生家走了出來、準備上車。

「還好啦，謝謝，謝謝你幫我……」

戈登搖搖頭，突然伸手抓住我的肩膀，用他淺灰色的眼睛盯著我，嚇得我整個人都僵住了。

「你真的沒事嗎，馬修？」

他回頭看著自己的房子，想知道到底是什麼東西讓我們變成這樣。我動動肩膀想讓他鬆手，但是他卻抓得更用力。

「我要走了，可以放開我嗎，戈登？」

他搖搖頭。

「你又在幹什麼好事，馬修？真是個愛管閒事的傢伙，沒事就從那個窗戶東看西看，干涉別人的事情，你以為這樣就能讓你看起來比較聰明嗎？」

這時候傑克跑了過來。

「你沒聽到他說的嗎？放開他！」

戈登的視線緊盯著我，一眼也沒有看向傑克。我聽見警車在後面發動的聲音，便挑了一下眉毛。就在這短短一瞬間，傑克終於懂了，然後往車子跑去、敲打玻璃。

砰，砰，砰！

戈登繼續牢牢的看著我。

「你是怎樣，馬修？你到底想要證明什麼？讓大家知道你是個正常小孩，過著正常的生活嗎？」

他露出苦笑。

「如果我是你，小子，我就會放棄。你最好待在你的窗戶裡面，你根本不曉得外面的人生是什麼樣子。」

他鬆開手，我動了動手臂。

「不，戈登，你錯了。」我回瞪著他。

「我什麼都知道。」

我跑回家，途中經過傑克身邊，他還在跟布萊德利偵查官說話，紅著臉、著急的指著戈登和潘妮的房子。我穿著鞋跑進辦公室、站在窗邊往下看。傑克正牽著腳踏車跑回家，布萊德利偵查官則是坐在車裡，引擎依舊運轉著。戈登已經回到屋裡，垃圾桶也被放到車道盡頭等待明天清運。

「拜託，布萊德利偵查官，去看一下吧，拜託你。」我輕聲說。

偵查官把安全帶從大腿上拉開，然後停了下來。車子熄火了，接著他慢慢下車，一邊搖搖頭。他環顧巷子，然後抬頭看我，不悅的嘆了一口氣之後便漫不經心的緩緩走到潘妮和戈登家。他站在車道上觀察房屋正面，然後是車子，接著再走到窗前，用手遮擋陽光。

「快啊，快啊……快看看那個地方！拜託！」我說。

他先看了最大塊的玻璃，然後靠近大門，彎腰察看某個角落。他靜靜的看了一下之後，突然抓起腰間的無線電，對著它急迫的大喊。

我坐了下來，呼出好長一口氣，我看著手裡的壁紙獅眼睛，給了自己一個微笑，心中的大石終於落下了。

他看到了。

我看到了、傑克看到了，現在布萊德利偵查官也看到了。

它就在窗戶側邊玻璃的角落，要站在某個位置、光線與角度正確才看得見。

那是一塊髒髒糊糊的小孩掌印。

嫌犯落網

栗樹巷的住戶紛紛來到外面觀看一號房屋所上演的事件。兩位警察站在巷子口阻擋閒雜人等，梅樂蒂跟她媽媽抱在一起、站在門階上。

「我不敢相信，」媽說，「潘妮和戈登？潘妮和戈登？」

爸伸手摟住媽的肩膀，有那麼一瞬間，我也想伸手過去握住她的手，但是我沒有這麼做。

藍綠色的天空變成了某種怪異的紫色，烏雲也開始聚集過來，這條巷子就像被蓋上了一條深色的大毯子，這股熱浪終於要結束了。

蘇勾著傑克的手臂站在門邊，雖然傑克看起來不太高興，但是也沒有把手收回。我迎上了他的視線，他露出微笑，我也用微笑回應。七號的門打開了，漢娜跟詹金斯先生走了出來，漢娜摸了摸肚子。他們停在柵門前面，詹金斯先生站在漢娜身

後摟著她。

「出來外面感覺還好嗎，馬修？」媽轉頭對我說，我點點頭。

左手邊，查爾斯先生站在玫瑰叢旁邊，花已經枯萎捲曲。凱西牽著他的手、望著對面的房子，梅莉莎‧道森則是抱著泰迪站在門前。這時，梅樂蒂跑過來站在我旁邊。

「我們怎麼都沒有想到啊，小馬？泰迪竟然就在這麼近的地方！」

梅樂蒂把頭髮塞到耳後，她跟我的距離大概只有二十公分，所以我往左邊跨了一小步，以免不小心碰到她。

「看！」她說。

一號的門被打開，戈登穿著淺藍色襯衫和卡其長褲……還帶了一副手銬。警察帶他走向一輛發動的警車，然後他抬頭看了正在凝視著他的我們，並用手遮住自己的臉，警察小心的讓他坐進後座。

車開走的時候我往隔壁看，發現梅莉莎和泰迪已經進屋子裡了。

「他看起來也太自在了，」媽說，「他們做了這些事，為別人帶來這麼多痛苦，怎麼可以這麼沒有感情啊？」

爸什麼都沒說，只是搓搓媽的手臂。

幾秒鐘之後，潘妮出現了，她把自己打理得無可挑剔。一位女警帶她走了下來，她把被銬住的雙手擺在一旁，彷彿只是一對首飾。她沒有看我們，但是上車之前，查爾斯先生對她大喊。

「為什麼，潘妮？」他哽咽的說：「為什麼妳要對我們做這種事？」

她的視線越過車頂、來到查爾斯先生身上，接著慢慢轉頭看向每一個人。

「我像個母親一樣無微不至的照顧他。」她對大家宣告，視線來到了牽著查爾斯先生的那個小女孩。

「不是嗎，凱西？」

★　★　★

警察離開之後，我們都嘆了一口氣，舒緩緊張的情緒。

「她是什麼意思？那個小女孩知道嗎？」媽說。

爸聳聳肩說：「她才剛被逮捕，說什麼大概都不奇怪吧。」

「我還是無法接受。怎麼會是潘妮呢？」

爸哼了一聲說：「跟妳說多少年了，她就是個自以為是的人哪，席拉。她顯然認為自己比別人厲害。」

他們走進屋裡，留下我跟梅樂蒂。閃電就像閃光燈一樣打亮了我們，我小小聲的默數。

「1、2、3、4、5、6、7、8、9、10⋯⋯」

遠處傳來隆隆的雷聲。

「十英里遠！」梅樂蒂說，她剛剛在聽我計算秒數。

「是兩英里，」我說，「把出現閃電與雷聲響起之間的秒數除以五，才會得出我們跟閃電之間的距離，這是爸告訴我的。」

梅樂蒂看起來很驚訝。

「看來暴風雨比想像中的還近呢！」

又是一陣雷聲，梅樂蒂嚇得尖叫。

「再見啦，小馬！」她說完，便往三號跑回去，她媽媽笑著伸出雙臂、護著她走進家門。雨滴開始從天空降落，在人行道上留下深色的圓點。雨水打在滾燙的水泥地上，我靜靜的環視這條空蕩蕩的死巷子，老妮娜的燈似乎比以往更明亮。突然間，她的門打開了。

她站在那裡，那隻小小貓舒服的依偎在她脖子旁邊，接著她彎了彎手指叫我過去。我把手插進口袋，用手肘推開她家的柵門，慢慢的走向牧師宅的黑色大門。她的臉頰上有淡淡的粉紅色粉末，她有著一對鮮豔明亮的綠眼睛。小貓在她懷裡扭動，她便在牠的額頭上輕輕啄了一下。她轉動眼睛很快的看了一下周圍，然後朝我跨了一步。

「我知道你大概不會……」她開口，然後停下來清清喉嚨，「我知道你大概不會把我這樣的老太婆當一回事，但是有些話我還是要跟你說。」

她微笑著，臉上透著光采。

「你一直從那扇窗戶觀察我。」

閃電出現，雷聲也再度響起，深深打進我心裡，讓我忍不住顫慄。

「我……我很抱歉，」我開口說，但是她揮手打斷我。

「不、不、不、不用在意那個。看到別人怎麼生活感覺還不錯吧？怎麼說呢，有時候當我覺得有點寂寞時，也會觀察別

人。人生有時候不太容易啊，你懂吧，馬修？」

　　她停了下來，我眼眶裡的淚水讓她的臉看起來一片模糊，我甚至不曉得她竟然知道我的名字。

　　「你知道，我也經歷過一些傷痛，我的人生中有很多事情不像玫瑰那樣亮麗美好。」她微微笑著，可是眼神充滿哀傷，她看著那盞發出橘色光芒的燈，停下來深呼吸幾口氣。我已經全身溼透，頭髮也黏在臉上，現在的我只想回到家裡。我動了動我的腳，她趕緊回過頭來看我，我看見她眼周的小細紋夾著溼漉漉的淚水。她緩緩伸出手、握住我的手腕，緊緊的握著。我想把手抽回來，但是她專注的凝視著我，讓我無法動彈。

　　「聽我說，馬修，好好把我接下來要說的話聽進去，你會開始看懂一些事情。」

　　我靜靜的等著，她皺起了額頭，手也抓得更緊了。

　　「不要等待暴風雨過去，你得自己走出去，然後在雨中起舞。」

　　她搜尋著我的視線。

　　「你了解我的意思嗎？」她說。

　　我思考了一下，同時不斷發抖，然後對她點點頭。她露出微笑，鬆開我的手後走進屋子。當她關上大門之後，我也轉身回家。

CHAPTER 35

小女孩凱西

8 月 1 日，星期五，下午 5:41，臥房，涼爽多雲

◆ 在查爾斯先生院子裡玩耍的小孩：2

◆ 壁紙獅的數量：0

◆ 被拘留的鄰居：2

我跟爸媽一起圍坐在餐桌前吃晚餐，媽剛才出去了好幾個小時，跟坎朋警官和一些鄰居探聽消息，現在迫不及待要告訴我們。

「潘妮顯然是看到泰迪一個人在查爾斯先生的前院玩，所以就過去看看他的狀況……」

「那個女人總是喜歡管一些跟她無關的事。」爸說，一邊用力擠壓番茄醬的瓶子，讓它噴在盤子上。「真搞不懂為什麼妳跟她那麼好，席拉。」

媽並沒有理睬這些話。

「她從窗戶看見查爾斯先生在扶手椅上睡覺，那時候凱西坐在地上玩娃娃。」

「所以凱西當時在場？」爸說。

「等一下，等一下，布萊恩！」媽在椅子上扭動著。「這就是重點！潘妮決定要把他帶回家照顧，所以她把泰迪抱了起來、跟凱西揮揮手之後才回家的！她有跟凱西揮手！」

爸放下叉子。

「什麼？妳的意思是那個女孩一直都知道泰迪在哪裡？」

我默默吃著義大利麵。

「我不知道，布萊恩，凱西說她不知道。潘妮一定是被逼急了！說點什麼來幫自己脫罪應該不奇怪吧？」

媽拿起叉子，然後又放下，激動得吃不下去。

「潘妮跟警察說她只是想照顧他一下下，讓查爾斯先生好好休息，沒有打算把他留這麼久。」

「不、不、不，」爸說，「我才不相信。她就是因為過度干涉小孩的生活，想要證明自己是個了不起的母親才把他們嚇跑的。她一定是看到泰迪之後心想：『我可以把他照顧得更好。』她完全不顧慮他人，所以就直接把他抱走。就是這樣。」

爸往嘴裡塞了一大口馬鈴薯泥。

媽繼續說：「等他們發現不對勁的時候，直升機已經轟隆隆的在頭上飛了。而且，潘妮不但沒有坦白一切，還跟戈登說只要讓泰迪再待一下就好。她跟警察說查爾斯先生很沒用。」

媽對我說：「你知道泰迪被推進池塘那次吧？潘妮說查爾

斯先生忙著跟她瞎聊，根本不知道外孫有危險，還說要不是你敲玻璃叫他，泰迪大概會淹死。」

我們吃著晚餐，安靜了一陣子。

「戈登啊，他就是這麼軟弱。」爸思考了一番之後說：「他一點也不敢違抗潘妮。」

媽起身去倒水：「所以啊，他最後還是反抗了。當她開始計畫要把泰迪帶出國的時候，戈登就崩潰了。他趁潘妮還在睡覺的時候把泰迪送回院子，然後你就登場了，親愛的。」

媽坐回位子上，對我露出大大的笑臉。

「蘇．畢夏想要在下週烤肉慶祝，她邀請巷子裡所有人參加，很棒吧？你會來吧，小馬？梅樂蒂跟傑克都會在喔。」

我聳聳肩又搖搖頭，三個人繼續吃剩下的晚餐。

所以，凱西說她那天沒有看見潘妮？不曉得查爾斯先生跟她媽媽還有警察相不相信，我很好奇究竟有誰會相信凱西。

我完全不相信。

揭開心中的祕密

「你覺得羅德醫生結婚了嗎？」

我不在乎她是不是結婚了，在這個非常時刻，皮膚爬滿死亡威脅的時刻，我只希望媽可以把車調頭開回家。我的膝蓋不停打顫，而且我沒辦法控制。

「她應該有個女兒，」我說，「不知道她幾歲。」

我不希望羅德醫生去媽的沙龍，這樣她就不會成為被八卦的對象。我望著窗外，有一位女人正牽著一個金髮小孩。

「你知道今天早上梅莉莎跟她的孩子都去機場了嗎？」

我點點頭，早上 6:22，我被敲牆壁的聲音吵醒。只有三下。

叩，叩，叩。

兩分鐘之後，有輛車發動了，我聽著梅莉莎、凱西和泰迪離開的聲音。梅莉莎要帶他們一起去紐約，不想再讓他們離開

自己的視線，所以打算在美國找一位保母，在她工作的時候幫忙照顧小孩。

我們在商店街盡頭找了一個地方停車，我覺得自己待會應該會很不舒服。媽把手指按在嘴脣上一下，然後將手伸向我，那是她在不碰到我的情況下表示親吻的意思。

「堅強點，馬修，」她說，「你做得到的，好嗎？」

我在車子裡坐了一下，試著想出為什麼不能跳車逃走，為什麼要靠媽載我才能回家。車外有一個垃圾桶，協尋失蹤兒童的海報還貼在上面，泰迪無神的雙眼似乎在對我眨眼。

加油，小魚。

★　★　★

羅德醫生一看到我便展露笑容，我坐在咖啡色的皮革沙發上，看著她牆上的時鐘。

「謝謝你來，馬修。你真棒，我知道這對你來說很不容易。」

她笑著對我點點頭，我突然覺得自己就像談話節目的嘉賓。

「那我們開始吧。」羅德醫生說完便戴上眼鏡，接著我們就開始諮商。

首先，她想知道當我碰觸到我認為很髒的東西時，會有什麼感覺。我覺得這個問題有點可笑，但是沒多久，就發現羅德醫生並不覺得好笑，所以我告訴她覺得自己心臟快要爆炸。

接著我們討論了我最怕的五件事情，她畫了圖表，要我依

據害怕程度幫每一件事打分數：

5) 赤手碰觸公用門把／扶手：**焦慮等級 7**

4) 赤手碰觸垃圾桶：**焦慮等級 8**

3) 赤手摸奈吉：**焦慮等級 9**

2) 赤手碰觸別人：**焦慮等級 9**

1) 親吻別人：**焦慮等級 10**

　　我沒有告訴羅德醫生我對 10+3 的陰影，也沒有說我把口袋裡那片長得像獅子眼睛的壁紙當作幸運符。我們討論了很多引發我焦慮的原因，然後她放下板夾、摘下眼鏡。

　　「就你所說的來看，我認為你對細菌的恐懼是因為你擔心會把疾病傳染給別人，讓你感到痛苦的並不是自己生病這個想法，而是別人生病，這樣對嗎？」

　　她又在提那個「奇幻思維」了，她是怎麼知道這些的？她的頭歪向一邊，然後給我致命的一擊。

　　「可以跟我聊聊這個嗎？」

　　我清清喉嚨，眼睛熱熱溼溼的，我趕快眨眨眼。

　　「如……如果不保持乾淨……如果沒有一直清潔，就會生病，然後身邊的人可能就會死掉，因為是我造成的。」

　　羅德醫生點點頭。

　　「好。那麼，你有什麼證據可以支持這套說法嗎？」

　　我揉了揉眉毛上的疤，用手指感受那塊凹陷，我從小就會不斷的摳它，那就是證據。我聳聳肩，羅德醫生對我眨眨眼，

一次、兩次，然後又一次。真希望這陣沉默被打斷。羅德醫生不像爸媽，不回答問題她可不會讓我輕易過關。

「媽懷的小寶寶死了，」我顫抖著說，「因為我。」

我隨時都有可能大哭，但是我試著忍住。

「嗯，」羅德醫生說，拳頭抵著下巴，「繼續說。」

我深呼吸。

「七歲的時候，有一天我在半夜醒來，覺得很不舒服。我躺了一下，怕自己會吐所以不敢動。妳知道那種感覺嗎？」

羅德醫生點點頭。

★ ★ ★

當時的我動也不動的躺在床上幾分鐘，聽著肚子發出聲音，希望這股難受的感覺可以趕快消失，但是沒有，所以我只好大喊、向媽求救。那時候她的肚子已經很大了，所以她花了點時間才過來，她走到我的門邊，塞滿了那裡的空間。

「怎麼啦，馬修？」她懶洋洋的說，長長的白色睡袍在肚子旁邊打了一個結，看起來就像一顆氣球被綁住了，她把手放在肚子上。

「我覺得不太舒服。」我說，並且盡量維持不動。

她打開桌燈、坐在我的床上，床墊晃動的時候我的肚子也跟著翻攪。她寬大的手罩在我的額頭上，讓我忍不住發抖。

「你發燒了，親愛的。我去幫你拿些退燒的東西，但是先讓我清醒一下。」

她的眼睛微微睜開，可是她不但沒有清醒，反而幾乎要坐

在我的床上睡著了。我等了一下，她的頭開始往前點，眼皮也愈來愈重。我忍住了一次嘔吐的衝動，然後是第二次，但是我實在忍不住了，所以側身吐在床邊，就像暈船那樣把我的地毯、被子、床頭櫃和媽的右半身都吐得亂七八糟。

「噢，馬修！布萊恩！布萊恩！」

我知道她沒有生氣，但是她因為懷孕而累壞了，還在半夜被我挖起來。爸穿著寬鬆的長褲走了過來，頭髮亂翹一通。

「噢，馬修！呃，吐得到處都是……來吧，先把你弄乾淨。」

爸把床上的東西都換了下來，我則是一路撐到浴室，然後吐在馬桶裡，還因為發燒而顫抖著。

隔天早上醒來之後，我病得更嚴重了。覺得皮膚刺痛著，全身上下都在痛，連眼皮和指尖也痛。我拖著身體走進浴室，照鏡子的時候，我哀號了一下，因為臉上長了一點一點的紅疹，到處都是。我把衣服拉起來看著自己的胸口，那些疹子幾乎要從皮膚裡爆開。我大喊媽，但是這次爸先過來了，他一臉驚慌，但是看到我的胸口之後卻笑了出來。

「你長水痘了！就是這樣啊，這只是水痘，小馬。」

媽走到他身後。

「終於！我還以為你都不會長呢。」她微笑著站在那裡。爸轉頭對她皺起眉頭，然後用下巴指了指她懷孕的肚子，但是媽對他揮了一個「沒關係」的手勢。

「沒事，布萊恩，我以前得過水痘。我去換衣服。」

寶寶再過一個星期就要出生了，但是媽簡直是個女超人。

她像護士一樣仔細照顧我，在我發燒的時候拿冷毛巾敷在我的額頭上；當我有胃口了，只要是我想吃的都幫我準備，還幫我在水泡上塗抹粉質的粉紅色藥膏。這些水泡真是癢得不得了。但是幾天之後，事情好像有點不對勁了。當時我躺在樓下的沙發上看漫畫，我聽見媽在廚房講電話，她盡量壓低音量，但是聽起來還是很慌張。

「我流血了，布萊恩，我好怕……有，計程車要過來了……我知道，但我真的很擔心……潘妮和戈登會過來陪他……」

她的聲音變得沙啞，我聽見她在玄關偷偷哭泣。當她走到客廳跟我說一切都會沒事的時候，臉上一滴眼淚也沒有，她一定是努力先讓自己冷靜下來了。

後來，潘妮和戈登來了，潘妮扶著媽坐進後座，再把兩袋東西放進行李廂，一袋是媽的，一袋是要給寶寶用的。隨後，計程車就開走了。潘妮把門關上的時候，我咬緊嘴唇以免忍不住哭出來，媽剛才匆忙離開，忘記跟我說再見了。

★　★　★

我擦掉臉上的淚水，抬頭看向羅德醫生。

「他會死都是因為我，我把病傳染給媽，然後寶寶就死掉了。如果我沒有生病，如果我把病菌殺死，卡倫就不會死了。」

我用一隻手遮住臉，開始啜泣。羅德醫生遞給我一張又一張面紙，直到我慢慢冷靜下來。

「這不是你的錯，馬修。每個人都會遇上糟糕的事，有時

候也很難知道為什麼，但是我可以肯定的跟你說，你弟弟的死跟你生病或長水痘一點關係也沒有。」

我對她點點頭，我理解她所說的，可是腦袋裡有一大塊依舊不相信，好像那部分大腦有自己的迴路，會製造一些它想要的東西來折磨我。

「你能告訴我這些事情真的非常棒，你有跟爸爸媽媽說過嗎？」

我搖搖頭。

「要不要考慮跟他們說說看呢？可以讓他們更了解你的感受。」

我沒有說話，但是我點點頭，又擦了擦眼睛。我好累，可以立刻蜷起身體、睡在她的沙發上。

羅德醫生說，要克服內心的恐懼，唯一的方法就是直接面對，讓自己去經歷那些讓我覺得很不舒服的事，去做一些跟大腦指令相反的事，這樣就可以訓練我的大腦，讓它了解那些讓我恐懼的事情其實並不可怕。她說接下來幾週我們會一起想一些練習，如果我認真練習又不退縮，很快就可以看到效果了。我跟她說這聽起來就夠嚇人了，她便露出微笑。我看了一下時鐘，時間是 10:27，那個不吉利的時刻已經過去了，而我一點感覺也沒有。

「你做得非常好，馬修。」她又說了一次並對我微笑，然後蓋上筆記型電腦。「你對未來有什麼期許嗎？」

我覺得似乎要回答環遊世界、結婚生子、養一隻黑色的拉布拉多，還有買一台高檔奧迪汽車才對，但我只是聳了聳肩

說：「我不知道。」

羅德醫生把電腦放在桌上後說，在我們結束之前，她要告訴我一個小故事。她把眼鏡拿起來、放在紅色頭髮上，身體往後靠，就像要為我讀床邊故事一樣。

「從前從前，有個小男孩名叫提莫西，年紀跟你差不多，個性也跟你很像。每天早上他都會跟其他孩子一樣準備上學，但是跟媽媽說再見以後，他會抓起掛在門邊的亮橘色毛帽並戴上，照一照鏡子，確認沒問題之後就會出門。

「你大概可以想像，他在學校整天都戴著那頂帽子，而且每天都戴，一定會被其他小朋友欺負。他們都在走廊上指著他大笑、用難聽的字眼罵他，並且樂此不疲，可是提莫西並沒有認輸。他每天出門還是會戴著那頂帽子，沒有一天例外。

「有天早上，在講課很無聊的地理老師走進教室之前，有個很討厭的小女孩叫做泰碧莎，她站起了來、手扠著腰，對著坐在教室後方的提莫西大喊：『喂！提莫西！為什麼你每天都要戴那頂帽子啊？』全班開始大笑，大家轉頭看著提莫西。他坐在自己的小角落，帽子低低的遮住了他的眉毛，他抬頭看大家，開始對每一個人微笑，然後大家都安靜了下來。

「『為什麼喔？因為這樣毒蛇就不會攻擊我啦。』

「全班陷入一陣更瘋狂的笑聲，好久好久才安靜下來。然後泰碧莎突然開口：『你也太笨了！學校怎麼會有毒蛇？』

「大家靜靜的等提莫西回答，於是他又露出微笑。

「『啊，沒錯！』他說，臉上帶著一抹精明的微笑。『那是因為我有戴幸運帽啊！』」

向爸媽坦白

　　那天晚上，我站在樓梯上聽著爸媽看電視的聲音。他們正在看一部喜劇，爸不時的發出笑聲。

　　我望向辦公室還有窗外的街道，老妮娜的燈亮著，客廳有閃動的光影，代表她也在看電視。我回想了她跟我說的話，要我別等暴風雨過去，要走出去在雨中跳舞。我知道她在說什麼。我不能放著不管等它自己結束，我得來場正面對決。於是，我大大的深吸一口氣之後走下樓梯。

　　「馬修？怎麼啦？」媽說，瞪大眼睛看著站在電視前面的我。

　　「抱歉，我有話想跟你們說。」我說。「有件事情我得說出來。」

　　爸馬上關掉電視，他們坐在那裡等我。我兩隻手交握在一起亂扭，大拇指在手心裡不安的亂動。

「我一直清潔是因為……我一直清潔是因為如果我不這麼做，就會有人死掉。」

媽驚訝得倒抽一口氣，然後抓住爸的手臂。

「這是什麼意思？」爸說。

我沒辦法看他，我知道如果對上他的眼睛，就會想要逃跑。所以我繼續說：「在我的腦袋裡，我總是認為如果我不保持乾淨，如果沒有把細菌都清除乾淨，我就會生病……」

我清一清喉嚨繼續說：「……如果我生病了，你們也會跟著生病，可能就會死掉，跟卡倫一樣。」

媽用手遮著嘴巴，我吞了吞喉嚨裡的一團東西，還是不敢看他們。

「我有一次就生病了，妳懷孕的那次，媽，妳記得嗎？那次我得了水痘，還吐在妳身上。」

媽點點頭，手依然沒有放下。

「後來，妳就去了醫院，然後……然後……寶寶就沒有了。」我開始哭。「我不知道為什麼，但是從那個時候開始，我就覺得是我害的，我覺得是我生病把卡倫害死的。」

我開始崩潰大哭。媽趕緊跑過來，爸也站了起來。

「噢，馬修！」

「所以我才一直洗手，還有那些手套，這樣就不會有細菌跑到我手上了。手套的事我很抱歉，爸，我知道你一直很討厭這個東西。」

爸驚訝得說不出話來，只是頻頻點頭。

「可是我需要手套，你懂嗎？有手套的話，我就不會像害

死卡倫那樣再害死別人了。」

我哭得全身顫抖，我想我永遠也停不下來。

「小馬，這根本不是你的錯啊。」媽說，手指抵在下巴上。「有時候就是會發生這種事，但是這跟你生病或是吐在我身上或是長水痘都沒有關係。而且我小時候也長過水痘，應該都免疫了吧！」

她向我靠近一步，但是我退開了。

「你怎麼不讓我們知道呢？」爸說，「為什麼不告訴我們？」

我冷靜了一點。

「我……我就是說不出口。後來隔壁的漢娜懷孕了，然後……然後就變得更糟了。」

媽也哭了，眼淚中帶著微笑，我說什麼她都不斷點頭。

「我寫了一張紙條，媽。」我說。「我去學校之前，把它放在天使那邊。」

「真的嗎？」她說，一邊用衛生紙輕壓眼角。「我不知道你有這麼做。」

我點點頭。

「我跟他說，他不能跟我們在一起都是我的錯，我還說……我還說我真的真的很抱歉。」

「噢，馬修。」

「我會愈來愈好的，媽，爸。真的，我會。」我呼出了一口氣，然後擦擦眼睛。

「羅德醫生會幫我，她說我要很努力才行，但是她說我做

得到。」

「你當然做得到，兒子。」

爸伸出手臂來抱我，臉上掛著好大的笑容，一邊流著眼淚。

「我還沒好啦，爸，不要這麼急。」我一邊笑一邊躲開。

然後爸媽也跟著笑了，我們竟然在笑一件讓我這四年都過得這麼悲慘的事情。

「我真為你感到驕傲，小馬，知道嗎？我真的，真的很驕傲。」爸用顫抖的聲音說。我對他微笑：「謝了，爸。」

「如果想要我做些什麼，馬修，儘管告訴我，好嗎？任何事情！我可以幫你到學校跟他們解釋。以後不要再有什麼祕密了。」媽說。

「好。」我說，並用袖子擦擦臉頰。

我做到了。我跟他們說了，真的都跟他們說了。我的肩膀放鬆了下來，平常肚子深處那股緊繃的感覺也稍微好了一點。我覺得好累，真的好累。

爸的手環繞著媽，他們站在一起看著我。

「那，妳現在可以幫我一件事嗎，媽？」

我從口袋掏出一小片被我當成幸運符的壁紙，保佑我平安的壁紙。

「妳可以幫我把它丟掉嗎？」

我把壁紙獅的眼睛放在她的手心。

「這是什麼？」她問，一邊仔細研究。

我嘆了一口氣。

「沒什麼，我不需要它了。」

我對滿臉疑惑的爸媽微笑，然後上樓回到房間。

我知道該怎麼回答羅德醫生的問題了，問我對未來有什麼期許的問題。我翻到筆記本的最後面，在新的一頁寫下：

我對未來的期許　　　　　　　　　　馬修・柯賓

我想要有一天可以走下樓，手臂環住媽，給她一個大大的擁抱。她會開始哭，我猜，然後我就會讓她靜靜的恢復平靜，接著去找爸。我會用力拍他的背，對他說：「要不要來打一場撞球啊？」

媽會幫我們準備超級美味的烤肉當晚餐，然後不時的把頭探進玻璃屋看我們的戰況。我們會一起在餐桌前吃晚餐，奈吉會發出滿足的聲音，然後在我的腳邊磨蹭，跟我說牠看到我超級開心。飽餐一頓之後，我們會一起賴在沙發上看一部舊喜劇電影，然後笑得東倒西歪。

這是我的雄心壯志，

這就是我想要的生活，

我想要走下樓、重新跟家人一起生活。

CHAPTER 38

蘇的烤肉派對

我從房間就聽得見外面的嘻笑聲。

有時候會有一縷灰煙飄過我的窗前,然後消失無蹤。為了慶祝泰迪平安歸來,蘇舉辦了烤肉派對,現在正如火如荼的進行當中。

漢娜和詹金斯先生家的後院裡,一台嬰兒車被放在樹蔭下,小麥斯在星期天晚上、提早了三個星期報到。他的體重是3450 公克,是個健康寶寶。兩夫妻非常開心,漢娜現在有了新的一號表情 —— 比以往更燦爛的笑容。我看到她把剛出生的兒子包在一個白色的薄毯裡,然後往派對出發。

查爾斯先生二十分鐘以前就出門了,不久之後爸媽也過去了。他們當然試著說服我一起去,但是我說這次還是算了。

這麼多人。

這麼多細菌。

我就是做不到。

8月6日，星期三，晚上7:02，辦公室，天氣晴
　　梅樂蒂跟她媽媽剛走出家門，看起來是要去參加五
號的派對。克勞蒂亞帶了一瓶葡萄酒，梅樂蒂則是
端著一盤布朗尼。

　　梅樂蒂把頭髮盤起來，是之前沒有見過的髮型。她穿著淺黃色洋裝和咖啡色涼鞋，真好看。她們走到傑克家的車道上，然後從房子側邊繞去後院，接著我聽到蘇的尖叫歡呼。我又到處看了一下，看有沒有什麼值得記錄的事，但是我其實沒有心情做這件事，所以就把筆記本放下。

　　牧師宅的大門打開了，老妮娜手裡拿著一束花，一定是從她的花園裡摘的。她走了出來，緊張的四處觀看，然後摸摸自己的頭髮。她在她家的柵門前停下腳步，突然抬頭直直的看向我。我也看著她，覺得她的眼神充滿恐懼。她伸出的手臂彎成了直角，接著好笑的擺動了一番。

　　她在做什麼啊？

　　老妮娜的臉瞬間變紅，這顯然讓她很不自在，但是她還是繼續那個好笑的動作。停下來之後，她對我微笑了一下，然後走向派對。

　　我懂了，她在跳舞。

蘇的烤肉派對

　　　　　　★　★　★

　　我以為當我走過去的時候，大家都會轉身離開，但是除了幾個人挑了挑眉毛之外，大家其實沒有什麼反應。

　　「噢，馬修，見到你真是太好了！謝謝你來參加，要來杯飲料嗎？」蘇說。

　　我搖搖頭，我把手夾在腋下。

　　「不用，不用，謝謝妳。」我說。

　　媽正在跟查爾斯先生說話，但是她看了過來，並對我露出笑容。爸在幫傑克的哥哥里奧烤肉，他在一團煙霧之中高舉手臂對我揮手。老妮娜把花放在桌上，對我點點頭之後就轉身沿著房子側邊離開，準備回牧師宅，似乎沒有想要留下來。

　　梅樂蒂來到我面前，蹦蹦跳跳的。

　　「馬修！你來了！」

　　「嗨，梅樂蒂。」

　　「你要吃點東西嗎？我有看到一些超好吃的漢堡喔！」

　　她說「超好吃」的時候還翻了一個白眼，讓我笑了出來。

　　「不用了，謝謝。」

　　傑克也走了過來，他臉紅紅的抱著包在白色毯子裡的小麥斯。

　　「漢娜就這樣把他丟給我！我該怎麼辦？」

　　他輕輕的搖晃懷裡的寶寶。

　　「不怎麼辦啊，你做得還不錯。」梅樂蒂笑著說。

　　「萬一他醒了呢？」傑克說，看起來愈來愈驚慌。「萬一

他開始哭怎麼辦？」

詹金斯先生站在柵欄旁邊，眼角緊盯著兒子不放，我猜他不太開心傑克抱著他的兒子。

「我也覺得你目前都做得很好。」我說。

傑克看著睡夢中的寶寶。

「不知道耶，他的眼睛在動，他在聽我們說話嗎？我不喜歡這種表情，我要趕快把他還給漢娜。」

我跟梅樂蒂看著他小心的在賓客和戶外桌椅之間穿梭，一邊輕輕晃動寶寶。

「他真的做得不錯啊，對吧？」梅樂蒂說，然後用紙巾擦擦嘴巴。「我覺得他只是需要朋友，你不覺得嗎？」

「嗯，妳說得沒錯，」我說，「他只是需要機會。」

我們看著他把小麥斯交給漢娜，一起笑他扭轉的手臂。他面帶微笑回頭看著我們，然後搖搖頭走去烤肉架旁拿食物。

我不想待太久，只是想來跟梅樂蒂和傑克打招呼，還有讓爸媽知道我有試著改變。

「那你呢，馬修？你還好嗎？你應該不會有事吧？」

我吞了吞口水，到處看看邊吃邊聊的大家。這些人就是我的世界、我的鄰居，也是我的朋友。

我轉頭看梅樂蒂。

「我想我會好好的。」我說。

致謝

如果背後沒有這麼棒的一群人在為我加油，這本書大概無法成形。

如果我沒有遇見伊莎貝爾・羅傑斯醫生，也不會有《金魚男孩》。她帶我認識了強迫症的世界，謝謝妳，伊莎貝爾，感謝妳跟我分享知識，並激發了我很多寫作想法。剛開始寫這本書的時候，妳為我加油打氣的訊息總是讓我能繼續寫下去。

我也從英國政府的「強迫症資訊網」（www.ocduk.org）獲得了很多資料，他們為強迫症患者提供了全方位的支持。

我也要感謝米德迪奇家的團隊（克萊兒、傑夫、葛蕾絲和艾拉），謝謝你們閱讀我的草稿並鼓勵我。謝謝我所有家人和朋友，從一開始就為我搖旗吶喊，一路上也不斷給予安慰和支持。在此我就不一一點名，我想你們心裡都知道我感謝的就是你們。若不是你們，我早就放棄了。

我要感謝安德魯和莎拉・布萊斯，謝謝你們在薩福克園區裡有空房時，讓我在美麗的小木屋裡寫作。如果以後能在那裡舉辦閉關寫作活動，那就太棒了。迪克・科比為我解答了許多有關警察的問題，謝謝你！如果有哪裡寫錯，一定是因為我沒有好好聽清楚。

我能在這裡寫致謝文，其實要歸功於我的經紀人——亞當・岡力特。亞當，我永遠忘不了某個星期五傍晚你那通興奮的電話，即使還沒有讀完草稿，你也愛這個故事並幫我推薦，謝謝你所做的一切。我也要感謝絲薇雅・摩泰尼在全世界幫我宣傳《金魚男孩》。絲薇雅，妳寄的每一封同意合作信我都有留著，因為

它們總是能為我帶來好心情！

　　我要感謝我的編輯：倫敦的蘿倫·福爾敦和紐約的尼克·艾里奧普勒斯，謝謝你們讓這本書變得更好。你們總是展現無比的熱情，能與才華洋溢的你們一起工作真是我莫大的榮幸。還有莎曼莎·史密斯、菲·伊凡斯、露西·理查森、珍妮·葛蘭克洛斯、彼得·馬修斯，以及每一位在「學樂教育出版社」（Scholastic Inc.）盡心盡力推動這本書的夥伴，你們是我見過最不吝給予支持的出版團隊。

　　這本書令人讚嘆的封面是由麥克·羅瑞和設計師尚恩·威廉斯所製作，謝謝你們！看見自己筆下的角色也能從畫中回望，感覺實在太美好了。

　　媽媽，妳對我的鼓勵與信念對我影響至深，因為妳，我才能不斷往前。我希望書裡的壁紙獅情節能讓妳讀個過癮，我知道妳很喜歡那些有趣的橋段……我的姊妹琳恩，謝謝妳幫我讀了又讀、改了又改，一句抱怨都沒有（至少在我面前沒有）。這本書就是要獻給你們的，我相信爸一定會為我們感到驕傲。

　　謝謝我的丈夫總是付出愛與支持，以及每一次當我為了措辭而掙扎的時候不斷鼓勵我。謝謝你總是陪伴著我、對我有無比的信心。

　　最後，我要感謝我的兩個孩子，一路上想了很多很棒的新點子，在讀了早期的草稿之後還提供專業意見，並在完成這本書的終點線張開雙臂迎接我。我真的很愛你們。

　　謝謝你們，我們做到了！

麗莎·湯普森

金魚男孩
THE
GOLDFISH
BOY

作　　者：麗莎‧湯普森（Lisa Thompson）
繪　　者：麥克‧羅利（Mike Lowery）
譯　　者：陳柔含

小樹文化股份有限公司
總 編 輯：張瑩瑩│責任編輯：謝怡文│校　對：林昌榮│封面設計：周家瑤
內文排版：洪素貞│行銷企劃經理：林麗紅│行銷企劃：蔡逸萱、李映柔

發　　行：遠足文化事業股份有限公司（讀書共和國出版集團）
　　　　　地址：231 新北市新店區民權路 108-2 號 9 樓
　　　　　電話：(02) 2218-1417 傳真：(02) 8667-1065
　　　　　客服專線：0800-221029│電子信箱：service@bookrep.com.tw
　　　　　郵撥帳號：19504465 遠足文化事業股份有限公司
　　　　　團體訂購另有優惠，請洽業務部：(02) 2218-1417 分機 1124、1135

法律顧問：華洋法律事務所 蘇文生律師
出版日期：2021 年 1 月 27 日初版
　　　　　2023 年 6 月 13 日初版 14 刷

For the Work currently entitled *The Goldfish Boy*
Copyright © Lisa Thompson, 2017
Translation copyright ©Little Trees Press, 2021
Cover illustration copyright ©Mike Lowery, 2020
Cover illustration reproduced by permission of Scholastic Ltd
This edition arranged with Peters, Fraser and Dunlop Ltd.
through Andrew Nurnberg Associates International Limited

國家圖書館出版品預行編目資料

金魚男孩 / 麗莎‧湯普森（Lisa Thompson）著；麥克‧
羅利（Mike Lowery）繪，陳柔含 譯. -- 初版. -- 臺北市：
小樹文化出版；新北市：遠足文化發行, 2021.01
面； 14.8*21 公分
譯自：The Goldfish Boy

ISBN 978-957-0487-43-5（平裝）

1. 兒童文學 2. 情感教育 3. 青少年文學

873.59　　　　　　　　　　　　　　109021597

 小樹文化
官網

 小樹文化
讀者回函

THE
GOLDFISH
BOY